Fünf
Erzählungen

von
Dieter Ludwig

Impressum

copyright by Dieter Ludwig 2006
Herstellung und Verlag:
Books on Demand GmbH Norderstedt
ISBN 3-8334-5025-8

Inhalt

Eine Erfindung

Draußen pfiff ein eisiger Wind und trieb die Schneewolken vor sich her. Ich war froh, im Kaffeehaus für ein paar Viertelstunden vor der Kälte geschützt zu sein und blätterte langsam in den Zeitungen. Da fiel mir ein Mann auf, der mich vom Nebentisch her anblickte.

Sind Sie, geneigter Leser, je einem Menschen begegnet, der sich über mehrere Tage hinweg mit Alkohol zu betäuben versucht, dem es aber trotzdem nicht gelingt, vollends betrunken zu werden? So ein Exemplar saß da neben mir, stoppelbärtig, in zerknautschtem Gewand, mit wirrem Haarschopf und geröteten Augenlidern. Vor etlichen Tagen mochte dieser Mensch eine ganz annehmbare Erscheinung abgegeben haben, Reste davon erkannte man auf den ersten Blick. Nun aber saß da drüben ein Abbild der Zerrüttung, vermutlich ekelte ihm schon längst vor sich selbst, doch er hatte nicht die Kraft, sich von seinem Glase zu trennen.

„Sie sind ein interessierter Mensch, ein Zeitungsleser? Dann ist Ihnen jene Geschichte bestimmt nicht entgangen, die mein Leben so sehr verändert hat."

Unwillkürlich ließ ich die Zeitung sinken, da rückte der Trinker näher an meinen Tisch heran und begann zu erzählen:

„Es ist keine zwei Wochen her, da erhielt ich ein kurzes Brieflein zugestellt, welches in ungefähr so lautete: >Sehr geschätzter Redakteur! In einer Sache von äußerster Dringlichkeit erlaube ich mir, Sie morgen gegen 10 Uhr aufzusuchen. Gezeichnet Franz-Josef Blüm, Ingenieur.<

Erinnern Sie sich an den Namen, der später für solchen Aufruhr sorgen sollte?"

Ich musste verneinen.

Sie werden es, wenn ich fortfahre. Jener Franz-Josef Blüm kam tags darauf also tatsächlich zu mir ins Büro. Er war ein groß gewachsener, beinahe dürrer Mensch mit tief liegenden Augen.

„Hier ist die Zusammenfassung meiner Berechnungen, welche ich zur Gänze auf eigene Kosten hergestellt habe."

Mit diesen Worten entnahm er seiner Aktentasche einen Packen handgeschriebener Papiere, auf welche ich leider nur einen kurzen Blick warf.

„Und jetzt der Beweis", Blüm klappte den Unterkiefer mehrmals auf und zu, während er in seiner Tasche kramte, „Das Prinzip eines Geigerzählers ist Ihnen ja bekannt."

Er hatte ein Metallkästchen hervorgeholt, richtete es auf mich und begann an den Knöpfen zu drehen. So gleich begann das Kästchen zu piepsen und ein Lämpchen leuchtete dazu auf.

„Sehen Sie das", rief er, während er mir bedenklich nahe kam und das Piepsen und Blinken in immer kürzeren Abständen erfolgte.

„Dieses Gerät ist einzigartig auf der ganzen Welt. Es wurde von mir entwickelt. Es kann die Gefahr, in der Sie sich befinden, erkennen" rief der Ingenieur.

Unwillkürlich sah ich zu meinem Redaktionskollegen Ludwig hinüber. Der hielt den Kopf gesenkt und tat, als sei er völlig in seine Lektüre vertieft.

Die Augen des Franz-Josef Blüm waren mir bedrohlich nahe gekommen.

„Die Industrie, das Kapital und nicht zuletzt die Politik, mein Herr, haben sich zu unser aller Nachteil verbündet. Um willfährige, leicht steuerbare Wesen aus uns zu machen."

Danach sah er mich wie abwartend an. Und als ich keinerlei Überraschung zeigte, setzte er fort:

„Man bedient sich des technischen Fortschrittes. Man versucht sogar, uns alle im gleichen Takt zu manipulieren."

„Sagen Sie es mir gleich. Was haben Sie zu verkaufen?" hielt ich dagegen und hoffte, dass dieser unangenehme Mensch von mir abließ. Der Ingenieur aber hatte sich schnell aufgerichtet und blickte über mich hinweg.

„Angstzustände, Konzentrationsstörungen, Gedächtnisschwund. Damit beginnt es. Später treten Hautreizungen auf, Zahnfleischentzündung und Muskelschwäche. Besinnen Sie sich, ehe es zu spät ist. Leisten Sie Widerstand den Gefahren, von dem wir alle umgeben sind!"

„Glauben Sie mir, das versuche ich jeden Tag, jede Stunde und ganz besonders in diesem Augenblick!"

9

Es schien zunächst, als würde er ein kleinwenig unsicher. Dann ergriff er meinen linken Arm:

„Ich beschwöre Sie, tun Sie das Ding weg, ehe es zu spät ist. Die Schwingungen setzen in Ihrem Körper das Werk der Zerstörung in Gang."

Dabei befiel ihn ein heftiges Zittern, er schob meinen Rockärmel hoch, nestelte an meiner Armbanduhr und rief:

„Werfen wir sie weg, befreien wir uns von dem Fluch der Technik!"

„Jetzt langt es. Gehen Sie doch weg von mir!", gab ich zurück und stieß die Hand des zudringlichen Menschen fort.

„Aber Sie zerrütten Ihre Gesundheit. Sie sind ein verlorener Mann. Sie sind bereits jetzt dem Übel verfallen!"

„Hinaus mit Ihnen", fuhr ich ihn an, „Haben Sie nichts Besseres zu tun, als anderen Leuten die Zeit zu stehlen?"

„Ich selbst bin ein Opfer dieser Technik. Ein Gutachten von Doktor Fiedelmaier bestätigt mich in allem, was ich sage. Hier ist der Befund!"

„Schluss jetzt!" rief ich, nahm die Papiere, drückte sie dem Verrückten in die Hand und schob ihn zur Türe hinaus.

„Sie gehen in Ihr Unglück!" rief er noch schnell über die Schulter, dann schloss ich die Türe hinter ihm ab.

Ludwig lachte vor sich hin. Für meinen Ärger konnte er kein Verständnis aufzubringen.

Einige Tage später –ich hatte diese lächerliche Episode beinahe vergessen- wurde ich zum leitenden Redakteur gebeten. Wenn er hinter seinem Schreibtisch saß, fiel mir jedes Mal bei seinem Anblick ein prall gefüllter Mehlsack mit

Froschmaul und Goldbrille dazu ein. Kein Wunder, dass ich ihm gegenüber stets ein wenig gehemmt war.

„Treten Sie näher", sagte er und schob mir einen Brief zu, „Wie denken Sie über diese Sache?" Absender des Schreibens war Ingenieur Franz-Josef Blüm. `Was der Teufel geht hier vor?´ schoss es mir durch den Kopf und zugleich fühlte ich, wie das Blut in meinem Kopf hochstieg. Ja, da fand sich auch mein Name. Über die näheren Umständen unseres Zusammentreffens hatte er natürlich kein Wort erwähnt.

`Du Schlaukopf´, dachte ich und bemühte mich sehr, ruhig zu bleiben. Dann vernahm ich meine eigene Stimme:

„Der Mann und ich hatten ein kurzes informelles Gespräch hier im Hause. Nach meiner Einschätzung ist das Anliegen dieses Herrn ohne Bedeutung."

„Der Mann ist Techniker, ein Ingenieur." Das Froschmaul blieb auf mich gerichtet.

„Es gibt hundert Millionen von Quarzuhren auf dieser Welt und kein Mensch ist bis jetzt auf die Idee gekommen, sie für gesundheitsschädlich zu halten", warf ich ein.

„Genau deshalb", bewegte sich das Froschmaul wieder, „Wenn nur ein Körnchen Wahrheit darin stecken möge, bedenken Sie einmal die Folgen. Beinahe jeder unserer Leser wäre davon betroffen." Das sind also die Umstände, unter denen ich meiner journalistischen Arbeit nachgehe, dachte ich. Laut aber sagte ich: „Ich halte die Ansichten dieses Ingenieurs für unbedeutend. Ihnen nachzugehen, wäre verlorene Mühe."

War ich denn verrückt geworden? Ich hatte dem Chefredakteur widersprochen! Eine schöne Bescherung!

Der Sack Mehl schien sich etwas zu bewegen. „Dann beweisen Sie das Gegenteil. Reden Sie mit Technikern. Recherchieren Sie gründlich. Tragen Sie alle Argumente zusammen. Lassen Sie sich die Geschichte von dem Ingenieur erzählen. Vollständig. Verlieren Sie keine Zeit, damit der Mann nicht zu jemand anderen läuft. Den Brief nehmen Sie mit."

Damit war unser Gespräch beendet. Jeder andere wäre an meiner Stelle froh gewesen. Ich hatte nach Meinung des Froschmauls einen Fehler begangen und war dafür nicht einmal gerügt worden. Im Gegenteil, ich erhielt sogar die Gelegenheit, meinen Fehler auszubessern.

„Was gibt´s", blinzelte Ludwig herüber, als ich den Brief Blüms nochmals betrachtete, „Was hat der Chef gesagt."

„Du erinnerst Dich an den Ingenieur mit dem Geigerzähler. Er hat dem Froschmal geschrieben."

„Das ist Pech", sagte Ludwig, diesmal ohne Spott.

„Vollkommen aus der Luft gegriffen, nichts als blinde Verschwörungstheorie, garniert mit Ein-bildungen."

„Nur kein falsches Ehrgefühl", sagte Ludwig und blickte fröhlich drein, „Die unglaublichsten Dinge sind unser tägliches Brot."

Nein, ich konnte nicht. Ich wollte auch nicht. Mein Gefühl wie mein Verstand sträubten sich zu gleichen Teilen, Herrn Blüm und seinen krausen Gedankengängen zu folgen.

Zwei Tage später –ich hatte Frühdienst und war schon auf dem Weg nach Hause- fiel mir die

Abendausgabe eines unserer Konkurrenzblätter ins
Auge. Eine Schlagzeile weckte meine Auf-
merksamkeit:
DR.MED.UNIV.FIEDELMAYER:
QUARZUHREN GESUNDHEITSSCHÄDLICH?
Ich setzte ein Lächeln auf und dachte bei mir, hat
er also doch noch ein Opfer gefunden, irgendeinen
Berufsanfänger, der ihm auf den Leim gegangen
ist. Peinliche Sache, dass eine Meldung wie diese
in ein großes Blatt rutschen konnte und ich muss
es mir im Nachhinein eingestehen, dass ich damals
sogar ein wenig Schadenfreude empfand.
In aufgekratzter Stimmung kam ich zu Hause an.
Nicht lange danach läutete das Telefon. Eine
Sekretärin verband mich und ich sah geradezu, wie
sich das Froschmaul bewegte.
„Haben Sie schon die Abendausgabe der noblen
Konkurrenz gelesen, junger Kollege?"
Ich bejahte, gleichzeitig wurde mir heiß und kalt.
„Und welche Information haben wir unseren Lesern
anzubieten?
„Dass die Sache ein ausgemachter Unsinn, ein
Schwindel ist. Eine klassische Zeitungsente. Die
Kollegen haben ohne gründliche Recherche einen
Hüftschuss angebracht."
„Gut", tönte es zurück, „Dann widerlegen Sie mir
diesen Artikel in allen Einzelheiten. Ich gebe Ihnen
bis morgen 9 Uhr Zeit."
Das Froschmaul hatte aufgelegt.
Ich verwünschte mich, warum ich nicht früher auf
den Gedanken gekommen war, mich abzusichern.
Jetzt war meine Stellung im höchsten Maße
bedroht.
Ich musste schnell dafür sorgen, dass diese
verrückte Idee mit einem Male wie ein Kartenhaus
in sich zusammenfiel. Jeder gewissenhafte und

seriös denkende Mensch musste einfach mit mir einer Meinung sein. Es konnte doch nichts anderes geschehen, als dass sich dieser Gedankenspuk binnen weniger Stunden in Luft auflöste!

Ich schaltete den Fernsehapparat ein, um die Lokalnachrichten zu sehen und ging noch schnell in die Küche, um einen kleinen Imbiss herzurichten, da knarrte die Stimme eines älteren Herrn „...solche Schwingungen können selbstverständlich Schädigungen des menschlichen Organismus hervorrufen. Die Betonung liegt beim Wörtchen >können<, denn der menschliche Organismus ist auf solche Schwingungen genetisch überhaupt nicht vorbereitet."

Der Name dieses Herrn wurde eingeblendet, er lautete `Dr. Fiedelmaier´.

„Ist denn alle Welt verrückt geworden?", dachte ich erbittert, ließ mein Abendessen Abendessen sein und wählte die Nummer eines mir bekannten Mitarbeiters der Technischen Universität.

„Haben Sie die Abendnachrichten verfolgt, Herr Dozent?", sprudelte ich hervor, „Quarzuhren und insbesondere die von ihnen ausgehenden Schwingungen können gesundheitsschädlich sein. Wie lautet Ihre Meinung dazu?"

„Von Untersuchungen in dieser Richtung ist mir nichts bekannt", antwortete der Dozent aufgeräumt, vermutlich hatte er soeben gut gegessen und getrunken, „Weder solche, die diese Ansicht erhärten, noch entkräften. Ausschließen lässt sich a priori gar nichts. Die Überlegung ist zumindest recht originell. Herr Redakteur, rufen Sie mich doch bitte morgen am Institut an, ich habe Gäste im Haus."

Mir schwindelte. sogleich versuchte ich den Primarius W, eine anerkannte Kapazität auf dem

Gebiete der Inneren Medizin zu erreichen, aber er war nicht zu Hause. Nach Minuten den Wartens erreichte ich ihn auf der Klinik.

„Herr Professor, ich ersuche um eine klärende Stellungnahme", bat ich ihn.

„Lieber Kollege, die Sachlage ist viel zu kompliziert, um aus dem Stegreif eine endgültige Aussagen zu treffen. Das wäre nicht seriös. Bringen Sie mir die Unterlagen auf die Klinik, sagen wir bis übermorgen und ich gebe Ihnen bis nächste Woche ein Statement ab, das Sie zitieren dürfen, wenn Sie mein Foto mit vollem Namen abbilden. Alleine die Frage, welche Mengen von Strahlungen schädlich sind oder nicht, darüber gibt es in der Fachliteratur keine einheitliche Aussage. Ob diese Schwingungen gesund oder nicht gesund sind, was ist denn nicht alles heutzutage der Gesundheit abträglich?"

Das war es also. Ohne Appetit ging ich zu Bett.

Von dunklen Ahnungen bedrängt, stieg ich kurz nach acht die Stufen zu meinem Büro hoch. Im Zimmer stand –ungewöhnlich für die Tageszeit- der Chefredakteur und würdigte mich nur eines kurzen Blickes. Ludwig packte seine Tasche und schickte sich an das Zimmer zu verlassen, in dem er einen weiten Bogen um mich schlug.

„Und jetzt zu Ihnen" , quakte das Froschmaul, „Sie machen sich auf den Weg zur Pressekonferenz des Dr. Fiedelmaier." Dazu drückte er mir eine Einladung in die Hand.

`Pressegespräch anlässlich der Präsentation des Buches >Hausbesuche< ´ las ich und die Buchstaben begannen vor meinen Augen zu tanzen.

„Deshalb. Wegen seines neuen Buches gibt er sich für diese Sache her."

„Behalten Sie Ihre Meinung für sich. Über den Fiedelmaier machen wir einen Zweispalter vor, zu 48 Zeilen", rief das Froschmaul, obwohl es neben mir stand. Dann war es auch schon aus dem Zimmer.

Bis zur Präsentation Fiedelmaiers Buch war noch Zeit und ich las mich durch die neusten Meldungen des Tages durch. Der Konsumentenbeirat gab eine Stellungnahme über die Gefährlichkeit von Quarzuhren ab und sprach zuletzt vom `Skandal des Jahres´. Die Pressestelle des Gesundheitsministeriums teilte mit, `der Minister ließe sich laufend über die Entwicklung der Dinge informieren und werde zu gegebener Zeit Stellung nehmen´. Die Opposition sprach hingegen von `Versäumnissen der Regierung, die geradezu an Fahrlässigkeit grenzten´. Die Gremialvorstehung des heimischen Uhrenhandels drohte mit der Einbringung einer Klage gegen Jedermann, der öffentlich behauptet, dass Quarzuhren gesundheitsschädlich seien. Die Wirtschaftskammer warnte ihrerseits vor der `Vernichtung hunderter Arbeitsplätze im Handel´. Eine unbekannte Aktionsgruppe forderte die `Alternative zur Quarzuhr´ und die Technische Universität verbat sich telefonische Anfragen, da das Leitungsnetz völlig überlastet sei.

Bei Fiedelmaier herrschte erwartungsgemäß ein großes Gedränge. Gut an die dreißig Geladene drängten sich in der Ordination, überall lagen Exemplare des neu erschienenen Buches auf. Der Autor war über das Interesse sichtlich zufrieden und ließ keine Gelegenheit aus, darauf hinzuweisen, dass alles, was er sagte, ohnehin bereits in seinem Buch geschrieben stand.

16

Als ich im Stichwortverzeichnis unter `Schwingungen, Strahlungen´ nachsuchte, fand ich – Nichts! Als ich nach einigen Mühen endlich die Gelegenheit erhielt, den Gastgeber daraufhin anzusprechen, antwortete mir jener:

„Wenn Sie mein Buch genau lesen, Herr Redakteur, wird Ihnen nicht entgehen, dass ich mehrmals auf die Gefahren und Auswirkungen teils noch unbekannter Strahlen hingewiesen habe und dazu zähle ich natürlich auch jene Schwingungen die von Quarzuhren ausgehen."

In düsterer Stimmung kehrte ich frühzeitig ins Büro zurück. Dort überschlugen sich geradezu die Stellungnahmen. Sogar der Regierungschef sollte für seine mittäglichen Presseaussendung einen Halbsatz vorbereiten. Die Gewerkschaft betonte unterdessen die `Solidarität des kleinen Mannes von der Straße´, der den großen Intrigen dieser Welt wie immer ohnmächtig ausgeliefert wäre. Ein privates Institut meldete sich mit dem Hinweis, dass Quarzuhr nicht gleich Quarzuhr sei und man folglich die technische Beschaffenheit und damit jedes einzelne Modell unterscheiden müsse. Im Anhang folgte ein langes Schreiben, in welchem die Ausgereiftheit, Präzision und Umweltverträglichkeit einer bestimmten Marke gepriesen wurde. Nun folgten die Stellungnahmen einzelner Politiker. Vorwürfe, wie `nie wieder gutzumachende Unterlassungen´ und `Panikmache´ lösten einander mit den Forderungen nach `Krisensitzungen´, `Handlungsbedarf´ und `Schadensausgrenzung´ ab.

Ich musste dabei etwas übersehen haben, denn plötzlich stand das Froschmaul neben mir.

„Was der Fiedelmaier zu den Quarzschwingungen gesagt hat, möchte ich wissen!"

Ich senkte den Kopf: „Er hat sich nicht festgelegt. Er ist schlau."

„Zum Kuckuck, es ist Ihre Aufgabe, ihn so zu fragen, dass er eine Aussage von sich gibt, die verwendbar ist."

Unterdessen erklärten die Tierfreunde, sie würden keine Tierexperimente mit Quarzuhren dulden und danach rief ein Vertreter der Kirche alle Menschen zu `Mut und Besonnenheit´ auf. Die einzige freudige Nachricht kam von einer Firma, die Wehrmachtsuhrwerke herstellte. Sie meldete einen Anstieg ihrer Aktien.

Zuletzt kehrte Ludwig ein wenig atemlos zurück. Auf ihn hatte ich gewartet.

„Ich hab´s", freute er sich, „Blüms Quarzmessgerät erscheint exklusiv bei uns. Mir fehlt nur noch der Name."

„Quarzometer", sagte ich.

„Das ist ausgezeichnet. Daran habe ich auch schon gedacht", rief er fröhlich und setzte fort, „der Aufmacher für morgen wird heißen, hör´ mir gut zu >INGENIEUR BEWEIST: QUARZSTRAHLEN WIRKEN 50 METER WEIT!<. Und auf Seite 3: >WIE EIN KLEINER INGENIEUR DIE GROSSKONZERNE DAS FÜRCHTEN LERNT<"

„Das ist grammatikalisch falsch. Sag´ mir ehrlich, glaubst Du selbst an den Unsinn?"

Ludwig lächelte fein und sagte: „Wenn unsere Experten eine Schädlichkeit nicht ausschließen, wenn Regierungsvertreter uns eine Überprüfung zugesagt haben und ein Mediziner ausdrücklich warnt, dann kann es keinen Irrtum geben. Mag sein, dass das Thema in ein paar Tagen vergessen ist. Vorsicht vor der Technik ist auf alle Fälle angebracht."

„Adieu, Ludwig", sagte ich, stopfte meine Sachen in zwei Plastiksäcke und ging.

Der Erzähler lehnte sich zurück und schwieg eine Weile.

„Kennen Sie den Zustand, in dem man trinkt, ohne vergessen zu können? Es gelingt mir einfach nicht. Sooft ich meine Augen schließe, sehe ich sie vor mir: Das Froschmaul, den Ingenieur, den Fiedelmaier und den Ludwig. Welchen Tag haben wir?"

„Mittwoch", antwortete ich.

„Sie sagten, die Geschichte sei Ihnen völlig unbekannt?"

Als ich bejahte, schüttelte er den Kopf.

„Vielleicht unterlagen Sie einer Einbildung?", versuchte ich einzuwenden.

Der Fremde starrte auf die Straße hinaus, wo der Schnee fegte und sagte zu sich: „Die unglaublichen Dinge sind unser tägliches Brot."

„Da haben Sie schon recht", antwortete ich, „Möglich ist beinahe alles."

Ich musste lächeln, als mein Blick auf den Stoß von Tageszeitungen fiel, den ich zuvor durchgeblättert hatte: „Überdies ist Ihre Geschichte wirklich treffend. Wenn sie nicht wahr wäre, woran ich nie zweifelte, man müsste sie glatt erfinden."

Ich schaute auf, sah mich verdutzt um, denn ich fand mich alleine wieder. Doch am Nebentisch –das gab den Ausschlag- stand ein leeres Weinglas.

Unternehmen Brücke

-Eine Geschichte aus dem schönen Land Kumpanien-

Zur Dichterlesung hatte sich im Vortragssaale des Palais Malakoff ein ausgewähltes Publikum versammelt. Unterhalb goldglänzender Zierleisten blickten vergoldete Engelsköpfe mit unbeweglicher Miene auf das Geschehen. Die Menschen gingen entsprechend dem Anlass auf Zehenspitzen über das knackende Sternparkett und nahmen willig in höchst unbequemen eisernen Gartensesseln aus dem vorvergangenen Jahrhundert Platz.
Immerhin sollte ja an diesem Abend einer der größten noch Lebenden lesen. Leises Nicken und Begrüßen, Flüstern, Kleiderrascheln, Blättern im

21

Programm, da und dort noch ein kräftiges Schneuzen oder Husten.

Professor Frodolin, erklärter Liebhaber der neueren und älteren Literatur, sollte die Einführung halten. Er war etwas ins Schwitzen gekommen durch des Dichters neuer Muse, einer schwarzen Dame mit schwarzen Augen und ebensolchen Ringen darunter. Sie, die nicht einmal ein Drittel seines Alters zählte, hatte sich direkt an ihn herangemacht, ja ihn beinahe körperlich bedrängt, dass es ihm gerade noch möglich war, dem Dichter die Hand zu schütteln, aber letzte Absprachen über den Vortrag vollkommen unmöglich gemacht waren. Trotz dieser eher peinlichen Lage liebte er nicht nur die Literatur in allen ihren Spielarten, sondern ganz besonders deren Urheber, was schon etwas schwieriger war, denn der Großteil der Autoren war in seinen Augen eine Gemeinschaft aufmüpfiger, zu Streichen jeder Art aufgelegter alter und junger Kindsköpfe, wenn sie nicht gerade in einer niedergedrückten Stimmung unter ihrer Armut oder –noch schlimmer- unter ihren Eitelkeiten litten.

Routiniert gelang es ihm, die Aufmerksamkeit der Damen und Herren der Gesellschaft zu gewinnen, er zeichnete gekonnt den Lebensbogen des Dichters, was ihm nicht schwer fiel, denn sein photographisches Gedächtnis wusste ungefähr das zwanzigfache von dem, was er an dieser Stelle unvorbereitet von sich geben konnte. Gut, der Dichter ward also gebührend vorgestellt, die Leselampe brannte, das obligate Glas Wasser stand bereit, freundlicher Applaus brandete auf, da erschien er persönlich, der Charakterkopf, mit zerfurchtem Gesicht, vom Leben im Gefühl gezeichnet, er nahm Platz, schlug das oberste seiner mitgebrachten Bücher auf –es war schon einige Jährchen alt und ziemlich zerlesen- und setzte an, vorzutragen.

Ergänzend wäre noch zu bemerken, dass unser Dichter mit frühen Liebesgedichten Furore gemacht hatte, die jeder verliebte Gymnasiast heute noch auswendig konnte. Dann hatte er zu einer langen Phase des Experiments gefunden, einer sprachenzertrümmernden Radikalität und zuletzt in seinem späteren Alter zu blumigem Ausdruck, ja zur Idylle und der ihr angeblich innewohnenden Subversivität. Vor ihm lag nun sein bisher letzter großer Roman aufgeschlagen:

„Schischn schei Schwekschenbäumen beschand schich scheit urschänklichen Scheiten ein Hoschschand...“

Das Publikum verstand nichts. Offenbar war es erfahren genug, vorerst einmal stille zu halten und den weiteren Verlauf der Dinge abzuwarten.

Der Dichter las und las und las und nach einiger Zeit stand auf Grund der Sprachmelodie unmissverständlich fest, dass es sich um einen allseits bekannten Text handeln musste, der aus irgendwelchen Gründen völlig unverständlich blieb.

Die in den ersten Reihen Sitzenden erkannten schnell das Dilemma: Dem Manne fehlten drei der wichtigsten Vorderzähne, fachärztlich gesagt: links oben eins, zwei und drei. Ausgefallen, im Hinstürzen ausgeschlagen oder beim Raufhandel verloren.

Von Anfang an hätte es nämlich lauten sollen: „Zwischen zwei Zwetschkenbäumen befand sich seit urdenklichen Zeiten ein Hochstand...“

Das sachverständige Publikum, das in den letzten Jahren mehrfach den Provokationen schreiender, spuckender oder gar onanierender Künstler standgehalten hatte, zeigte sich unbeeindruckt und harrte aus. Es besaß sogar noch Kräfte, nach drei langen Viertelstunden des Nichtverstehens für genügend Applaus, damit dem Abend ein versöhnliches Ende beschieden war. Viele, die nach Hause gingen, hatten sich überzeugt, dass der große noch Lebende je nach Blickwinkel ganz gut oder fürchterlich übel beisammen war, und sagten ihm große Erfolge oder sein baldiges Ende vorher.

Überdies hatte man im Publikum einander erkannt und zugenickt, man hatte sich getroffen, begrüßt und ein paar Worte gewechselt, womit ein wichtiger Tagesordnungspunkt erfüllt worden war. Das kumpanische Kulturbewusstsein ist nämlich von solch gefestigter Weise, dass der Erfolg eines literarischen Abends von Nebensächlichkeiten, wie einer missglückten Dichterlesung nicht nachhaltig beeinträchtigt werden kann.

An besagtem Abend jedoch saß ein junger Mann seitlich vorne im Publikum, ein hoffnungsvoller Journalist, wir wollen ihn der Einfachheit halber Fritz F. nennen, natürlich war er wie alle hoffnungsvollen Journalisten ein heimlicher Dichter, aber vor allem ein Verehrer des vom Leben gegerbten großen noch Lebenden. Auch er applaudierte, so lange es möglich war, aber er war innerlich empört über den kläglichen Zustand des Zahnbildes des Dichters und noch mehr darüber, dass sich niemand gefunden hatte, zeitgerecht Abhilfe zu schaffen, in einem kulturell hochstehendem Lande wie diesem dürfe es eine solche Peinlichkeit erst gar nicht geben. Nun war rasches Handeln gefordert und bei dem bescheidenen Empfang nach der Lesung, zu dem auch er geladen war, näherte er sich sogleich dessen Verleger.

Gewiss, es mag sehr peinlich für ihn sein, aber von mir bekommt er keinen weiteren Vorschuss mehr. Er ist mir zwei Bände schuldig, von denen er bisher außer einem Entwurf nicht eine einzige Zeile abgegeben hat. Und ich warte schon über ein Jahr auf das Mauskript. Ich habe auch andere Verpflichtungen, besonders jungen Autoren gegenüber. Nein, von mir sieht er nicht einen Piaster, es sei denn, er liefert sein Manuskript ab. Vielleicht wird ihm durch Auftritte wie diese bald klar, dass seine Reputation auf dem Spiel steht und es geht in der Sache jetzt etwas weiter.

Fritz F musste erkennen, dass in dieser Angelegenheit nichts zu erreichen war und während der Verleger noch sprach, hatten seine Augen nach der schwarzen Muse gesucht.

Sowie er sie nur wenige Meter vom Meister entfernt sah, war er auch schon bei ihr und sprach sie an, sie wissen schon, dieser kleine optische Fehler, er ist neu, in seinem Munde, die Schwierigkeit der Verständigung, das kann nicht gut gehen, in seiner exponierten Lage, was kann da unternommen werden, höchste Dinglichkeit sei geboten.

Sie umfasste seine Hände, ach ja doch, ein Missgeschick vor wenigen Tagen und er ist todunglücklich darüber, aber er möchte es die anderen nicht merken lassen, der Rücksichtsvolle.

Sein Verleger meinte soeben zu mir, er möge zunächst seine Schulden tilgen, indem er das bezahlte Manuskript abgebe, danach könne man wieder über einen Vorschuss verhandeln.

Ach, unterbrach ihn die Schwarze und drückte ihn an sich, bis er den Duft ihrer Wangen, ihrer Haare fühlte, er ist zur Zeit so beschaffen, doch schweigen Sie bitte darüber, dass er bis auf weiteres nicht in der Lage ist, einen Gedanken zu fassen und auszuführen. Eine Krise. Verstehen Sie? Ihre Finger spielten mit den seinen.

Er ist vollkommen hilflos, der arme große Mann.

Ich will sehen, was ich tun kann.

Wer sind sie?

Ich arbeite bei einer Zeitung.

Dann haben sie sicherlich großen Einfluss. Kennen sie einen wichtigen Herrn im Kunstministerium mitnamen Schacht?

Den Sektionschef?

Er ist ein alter Freund von ihm, er meinte einmal zu mir, er sei der einzige, der ihm helfen könne. Bloß sein Stolz hindere ihn, selbst zu ihm hinzugehen.

Gerne will ich versuchen, ob ich etwas für ihn ausrichten kann.

Die vier Hände verbanden sich zum Schwur. Rufen Sie mich an.

Geben Sie mir Ihre Nummer, ich melde mich bestimmt, sagte er. Da wurden sie schon getrennt.

Professor Frodolin kreuzte seinen Weg und er sprach ihn sofort auf die Sache an, es sei ja eine furchtbare Situation entstanden, da der Dichter seinen Fehler überhaupt nicht zu bemerken schien.

Bedauerlich, pflichtete der Professor bei, sehr bedauerlich. Wenn Sie eine Sammlung abhalten wollen, hier ist meine Karte, ich will meinen Beitrag leisten.

Der junge Mann musste sich eingestehen, dass er zu wenig einflussreiche Leute kannte, weshalb ein solches Vorhaben von vorneherein zum Scheitern verurteilt wäre.

So verließ er den Empfang, schüttelte noch dem Dichter in tiefer Ergriffenheit die Hand, auch seiner dunkelberingten Begleiterin, die ihm schnell ein Zettelchen mit einer Telefonnummer zusteckte und schrieb bis spät in die Nacht hinein an seiner Rezension.

Am nächsten Vormittage rief er im Kunstministerium an, ließ sich für nachmittags einen Termin beim Sektionschef geben und verließ seine Arbeitsstätte kurz vor dem vereinbarten Zeitpunkt.

Alle Räumlichkeiten in diesem Amt waren riesig, der Mensch hingegen winzig und unbedeutend. Hallende Schritte, steinerne Böden, glänzende Säulen. Selbst jedes leise Flüstern schlug von den Wänden zurück, wurde vom Gewölbe wieder verstärkt und in unbestimmte Richtungen weitergeschickt. Eine Reihe unbeschreiblicher Blicke traf den im Vorzimmer des Sektionschefs Wartenden, bis dieser nach einer halben Stunde vorgelassen wurde. Der größte Dichter unseres Landes ist nicht mehr in der Lage, eine verständliche Lesung zu halten, brachte er sein Anliegen vor.

Man hat mich bereits unterrichtet. Dieses Problem darf jedoch nicht Sache des Kunstministers sein. Wir fördern Künste, nicht die Verständlichkeit eines Dichters und sei er noch so berühmt.

Noch ehe Fritz F genügend Luft geholt hatte, um einwenden zu können, setzte der andere fort:

Unsere Geldmittel sind für ganz bestimmte Vorhaben da, sie erlauben uns nur einen geringen Spielraum, schon gar nicht für die Sanierung von Lücken in Gebissen, und seien diese auch noch so prominent.

Dieser Mann wehrte so offensichtlich ab, dass dem nichts entgegenzuhalten war, also verabschiedete sich unser Freund abrupt. Sektionschef Schacht blickte dem Besucher nach und fühlte ein Bedauern, unter welches sich auch ein kleinwenig Genugtuung mischte. Jugendfreund? Während sein Dichterfreund gefeiert, von feuchten Mädchenaugen angehimmelt worden war, während jenem Anerkennung und Geld über Nacht gleich einem Lotteriegewinn zugeflogen waren, während das Mädchen, das er insgeheim verehrte mit jenem einfach über Nacht aufbrach und ein halbes Jahr lang auf Reisen blieb, war ihm das Studium geblieben, dank dessen er immerhin einen anfangs dürftig bezahlten Beamtenposten zu erreichen vermochte, in dem er sich durch jahrzehntelange Arbeit emporarbeiten musste. Es hatte mehr als ein halbes Leben gedauert, bis sich die Dinge in ihr Gegenteil verkehrt hatten.

Abends erreichte Fritz F der Anruf. Ich habe ihre Nummer im Telefonbuch gefunden. Ich kann jetzt nicht sprechen. Treffen wir uns? Am liebsten gleich. Wenn Sie wollen, auch bei ihnen.

Keine halbe Stunde später kam sie die Stufen zu seiner Wohnung hinaufgelaufen, da hatte er die Türe schon geöffnet.

Es geht ihm nicht gut, er ist in letzter Zeit so grüblerisch, voller Zweifel und Selbstvorwürfe.

Kein Wunder, in dieser Lage. Was macht er? Woran arbeitet er?

Nichts, er sitzt einfach da, starrt vor sich hin. Und er trinkt. Was haben sie erreicht?

Der Sektionschef zeigte sich vollkommen ablehnend, er tat, als ob er ihn nicht kenne.

Wussten sie, dass die beiden einstmals befreundet waren?

Es sah nicht danach aus. Und wenn schon, beinahe jedermann in unserem Lande kennt ihn, den großen noch Lebenden. Ich verehre ihn seit meiner Schulzeit, mehr als jeden anderen Poeten.
Sie nickte heftig und sah ihn mit großen Augen an.
Seine frühen Gedichte gingen mir gerade durchs Herz.
Mir ging es ebenso!
Er entnahm den Band mit einem Griff aus dem Bücherregal.
Sie saßen an der Bettkante und blätterten gemeinsam. Die wunderbaren Worte taten ihre Wirkung und während er las, atmete er den Duft ihres Haares ein, ihre warme Hand ruhte unwillkürlich auf seinem Oberschenkel, indem er sich zu ihr lehnte, ihre Körperwärme voll Verlangen fühlte und sie seinem Druck standhielt, da dauerte es nicht lange, es verirrten sich seine Hände, der so sorgfältig gehütete Gedichtband fiel zu Boden, sie sanken verwirrt, erhitzt zurück und es geschah –oh Wunder- das eben Gelesene, das Beschriebene, nur noch viel wunderbarer, weil in Wirklichkeit, anfangs als kleiner Kampf mit unterdrückten gepressten Lauten zwischendurch, dann voll Hingabe und befreiender Lust, Höhepunkt und Erschöpfung. Die Welt war neu erfunden worden, war neu erstanden.
Er küsste sie wieder und wieder, und er dachte jetzt an den großen noch Lebenden und versprach, ich werde tun, was ich kann.
Sie blickte ihn mit großen Augen an.

Eine Freundin seiner Mutter war die Vorsitzende der Vereinigung „Frauenkunstabonnement", die eine besonders starke Lobby in allen Konzertzyklen, Ausstellungen und sonstigen

Vorstellungen in sämtlichen Spielplätzen hatte, eine höchst einflussreiche Person, ihre Bestellungen entschieden zwar nicht über den künstlerischen Erfolg, aber mehr noch, nämlich über den kommerziellen der einzelnen Theater- und Konzertproduktionen; sie war als graue Eminenz sowohl als Meuchlerin wie als Förderin zu gleichen Teilen gefürchtet wie geachtet, die über Wohl und Wehe der hiesigen Theater-, Konzert-, Ausstellungs- und sonstigen Kunstdirektoren mitentschied. Diese suchte er auf.

Bei dem Namen des großen noch Lebenden zuckte die Vorsitzende zusammen, als sei sie mit einem giftigen Ding in Berührung gekommen: Ich kenne ihn sehr wohl, lieber Fritz, weißt Du, wie charakterlos dieser Mensch seinem Wesen nach ist? Ich warne Dich vor ihm. Er hatte versucht, uns als Institution in einem Zeitungsartikel lächerlich zu machen, es gelang ihm natürlich nicht. Gut, es liegt schon viele Jahre zurück, als er noch Journalist war, aber unser gesamtes Komitee war zutiefst gekränkt. Du wirst verstehen, dass wir Dir nicht helfen können. Außerdem, lies bei ihm genau nach, ich halte ihn für einen ... nun, viele seiner Aussagen sind bedenklich.

Und sie erinnerte sich insgeheim an ihre wilde Leidenschaft, die sie für diesen Manne vor einigen Jahrzehnten empfunden hatte und an seine Feigheit, mit der er sich vor ihr versteckt hatte, nachdem er ihrer überdrüssig geworden war und sie ihn wochenlang gesucht hatte, während er wie vom Erdboden verschluckt war, weil er über Nacht, noch während eines Festes mit einer anderen, die er gerade kennen gelernt hatte, davongefahren war und alle hatten es gewusst, nur sie nicht und niemand hatte es gewagt, ihr die Wahrheit zu sagen, nur um sie nicht zu kränken, sie, die sie ein ganzes Jahr seine Vorträge, Lesungen und sonstigen öffentlichen Auftritte organisiert hatte, im Jahr seines großen Durchbruches, als er zum ersten Mal in seinem Leben die Taschen voller Geld gehabt hatte.

Es folgte wieder ein abendlicher Anruf bei Fritz F. Diesmal konnte sie erst später kommen. Zitternd öffneten sie ihre Kleidungsstücke, fielen zu einander hin, drückten und herzten sich inniglich. Als sie später still beisammen saßen, begann sie zu sprechen: Es geht ihm gar nicht gut, er hat das vierte Jahr in Folge fast keine Einkünfte. Stell Dir vor, ein Mann mit seinen Verdiensten, mit seiner Bekanntheit, er hat rundherum Schulden angehäuft und es gibt kaum noch jemanden, der ihm borgt!
Der junge Mann schüttelte voller Unverständnis den Kopf. In die vielen kleinen Zärtlichkeiten mischte sich das gegenseitige Versprechen, alles zu tun, wozu man in der Lage sei.
Fritz F erinnerte sich, da gab es noch die Solidargemeinschaft der kritischen Autoren, eine Art Schutz- und Trutzbündnis gegen die Verkommerzialisierung, gegen den großen Erfolg, den man lauthals verabscheute und insgeheim doch wiederum herbeisehnte, auf deren momentane Inhaber man hingegen verächtlich herabzusehen pflegte. Die wollte er nächstens aufsuchen.

Ein Mann wie dieser, sagte ihm der Vorsitzende am nächsten Tag, also einer, der im Laufe seines Lebens Unsummen eingenommen und wieder ausgegeben hatte, der unsereins als Hungerleider verlacht hatte, der sich jetzt in höherem Alter wieder anbiedere an die bürgerliche Gesellschaft, ein solcher Charakter könne zahnlos geworden, wenigstens keinen Schaden mehr anrichten. Die Gemeinschaft habe nicht einmal genügend Mittel, selbst die meist Verdienten, weil in lebenslanger Armut dahindarbenden, genügend zu unterstützen, was machten da die paar nicht mehr vorhandenen Zähnchen aus, wie unwichtig seien sie, eine Marginalie, nicht einmal eine Randnotiz der Literatur.

Fritz F kam sich nach der nächsten Liebesnacht etwas schäbig vor. Er zweifelte insgeheim am Bestand des Verhältnisses und fürchtete den Tag, an dem eine Entscheidung getroffen werden musste. Vielleicht schlief sie nur mit ihm, weil sie glaubte, dass er ihr förderlich sein konnte? Eine letzte Möglichkeit gab es noch:
Mitten im Zentrum lag das Palais der kumpanischen Industriellenkammer. Sekretär Keil war bereit, den jungen Mann zu empfangen; nachdem er von dem Sachverhalt in Kenntnis gesetzt worden war, schüttelte sogleich leise den Kopf. Die Industriellenkammer fördere keine Gebisse oder Zahnersatz, die zudem keine Förderung der Künste und daher nicht abschreibbar sein könnten. Die Kammer zeichne aus, sie verleihe Preise und Förderungen von Vielversprechendem, dazu habe man sich an die teuersten und besten Fachleute gebunden, von denen man sich beraten lasse. Vor allem solle in der Öffentlichkeit das Bild der Industrie positiv dargestellt werden, und da sei ein Gebiss, welches auf Schwäche, auf faule Zähne oder auch auf Mundgeruch hinweise, absolut schädlich. Auch sei

der Lebensstil des großen noch Lebenden seit je zu wenig angepasst. Er selbst erinnere sich gut, der Künstler ließ –in seinen besten Zeiten- allen ausrichten, er könne vom Schreiben leben und nicht von den Preisen. Er glaube nicht, es wäre in seinem Sinne, erführe jener von diesem Gespräch.

Fritz F stand auf der Straße und blickte über den großen Platz in dessen Mitte sich ein berühmtes Reiterstandbild befand.

Welche Schande für dieses schöne und reiche Land Kumpanien, dachte er für sich. Wenn selbst mit dem Größten der noch Lebenden so herzlos verfahren wird, dass einer nämlich alt und müde, im doppelten Sinne zahnlos geworden, seine vergangenen Erfolge meistenteils vergessen, sein Werk wenig gelesen, staubig geworden in den Bibliotheken, und mit ihm er selbst abgehakt, beiseite gestellt wird, bloß weil er zum gegenwärtigen Zeitpunkt nichts gleichbedeutendes nachzusetzen gehabt hatte.

Der junge Mann kehrte enttäuscht an seine Arbeitsstätte zurück und nahm sich aus reinem Selbstschutz vor, so bitter es war, die ganze Sache, notfalls auch mit der heiß begehrten Schwarzen einmal beiseite zu lassen. Doch vorerst müsste er ihr die Lage erklären, ohne jedwede Beschönigung.

Da rief die Schwarzumringte an. Seine Stimme bebte. Nein, es gäbe keine guten Nachrichten, sagte er gleich am Telefon, er sei mit seinem Wissen am Ende, es gäbe keinerlei Aussichten.

Sie kam aber trotzdem.

Einige Tage später nagte immer noch der Grimm in ihm, da erreichte ihn eine kleine Presse-aussendung, der große noch Lebende werde im

Rahmen eines Kulturaustausches im nach-
barlichen Bruderstaate zu ein
er Ehrung eingeladen, wobei ihm eine hohe
Auszeichnung überreicht werde. Zu gleicher Zeit
fände ein Treffen der Außenminister am selben
Orte statt.

Elektrisiert fuhr er zusammen. Er eilte in das
Außenministerium, suchte unangemeldet den
Botschaftsattachè i.V. Wahrig auf und wollte ihn
gerade auf die Pressemeldung ansprechen, als die
Türe aufging und der Herr Minister höchstselbst in
einer anderen Sache vorbeikam. Fritz F nützte die
Gelegenheit und drohte unverhohlen: Es könne
recht peinlich für den Herrn Außenminister
werden, wenn dieser gerade zurechtkomme, wie
der große noch Lebende sich unverständlich
spuckend und zischend für die hohe Ehre
bedanken wollte. Und zu dem Politiker gewandt
sprach er, Herr Minister, lassen sie es deshalb
nicht zu, dass der große noch Lebende mit einer
riesigen Zahnlücke im Munde Unverständliches im
Ausland zum besten gibt. Denken sie nur an die
Peinlichkeit!

Der Minister trat erstaunt näher.

Wie könne nur die kumpanische Republik einen
ihrer wichtigsten Repräsentanten mit einem Mund
voll riesiger Zahnlücken zu Ehrungen in die Welt
schicken?!

Der Minister hatte bald begriffen und sagte zu
seinem Sekretär, notieren sie das.

Der Sekretär rief kurz darauf den Sektionschef an
und sagte, es sei wichtig, bitte kümmern sie sich
darum. Das Büro des Sektionschefs beauftragte
den Budgetleiter mit der raschen Erledigung. Der
Budgetleiter bellte seinen Buchhalter an:
veranlassen Sie das.

Der Buchhalter verzweifelte, weil im es Budget des Ministeriums für solcherlei Dinge kein Geld gab.

Die Zahnbehandlung wurde mit 3.000 Piaster veranschlagt. Doch das Ergebnis der Untersuchung ergab, dass auch die benachbarten Zähne angegriffen waren und man mit voraussichtlichen Kosten von 6.000 Piastern rechnen müsse. Ausgaben dieser Höhe könnten nur durch eine öffentliche Ausschreibung getätigt werden, sagte der Buchhalter mit angstgeweiteten Augen zu seinem Vorgesetzten. Dieser wiederum sah ihn lange und schrecklich an.

Dem Kulturaustausch war ein großer Erfolg beschieden, nicht zuletzt wegen des gelungenen Provisoriums in des Dichters Mund. Auf den offiziellen Fotos sieht man den großen noch Lebenden zum ersten Mal seit langer Zeit wieder breit lachen. Die prachtvollen weißen Zähne machen sich in dem zerfurchten, vom Branntwein und den langen Nächten gezeichneten Gesicht besonders gut aus. Ein Treffen des geehrten Dichters mit den beiden Außenministern unterblieb aus Zeitmangel, es war ohnedies nicht eingeplant.

Einige Wochen nach Erhalt der Rechnung wurde der subalterne Buchhalter des Ministeriums mit einem lebensbedrohlichen Anfall von Angina pectoris ins Spital gebracht. Es war derjenige, der den Betrag im Budget des Außenministeriums unter „allgemeiner Budgetansatz, größere Inventaranschaffungen" gebucht hatte und seitdem aus Angst vor der Kontrollbehörde nicht mehr recht schlafen konnte. Auch war für ihn noch immer nicht geklärt, auf welche Weise, ob einzeln oder gesamt, die Zähne ins Inventar des Ministeriums aufgenommen werden sollten.

Was sonst noch seither geschah:

- Sektionschef Schacht ist seinem Ziele, Minister zu werden, bisher kein Stückchen näher gekommen.
- Das Frauenkulturabonnement hat den längst fälligen Generationssprung hinter sich gebracht, indem die Töchter in Position gebracht wurden. Diese sind frauenbewegt, auch ein wenig begrünt und auch sonst recht sympathisch.
- Die solidarischen Autoren beobachten die Lage einesteils mit gesundem Misstrauen, sind aber auch paranoiden Phantasien nicht abhold und begnügen sich im Großen und Ganzen mit dem Absenden von Solidaritätsbekundungen aus ihren mageren Mitgliedsbeiträgen.
- Der große noch Lebende hat sich der künstlichen Zähne noch einiger Wochen erfreut, aber seither ruhen sie zusammen mit seinen Resten in einem Ehrengrab. Außer einer riesigen Menschenmenge waren alle vorhin genannten Personen bei seinem Begräbnis anwesend, und sie alle weinten echte, ehrliche Tränen, denn ein jeder hatte – wie wir nun wissen- seinen eigenen Grund dafür.
- Die gesammelten Werke des berühmten Dichters erscheinen derzeit in einer Neuausgabe mit recht großem Erfolg. Sein Verleger denkt allen Ernstes daran, sich endlich den ersehnten Alterswohnsitz einzurichten. Ein populärer Schauspieler hat die Texte des Dichters für sich entdeckt und geht damit regelmäßig im ganzen Land etliche Wochen

pro Jahr auf Lesereise, wobei er jeden Abend im Applaus ganz alleine baden darf.

- Die Schwarzberingte könnte von den geerbten Tantiemen bescheiden leben, sie ist aber mit Fritz F, einem aufstrebenden Dichter, der sich neuerdings Frederic F nennt, zusammen, welcher zwar noch kaum veröffentlicht hat, aber dermaßen meisterhaft Einreichungen, Entwürfe und Exposees zu formulieren versteht, dass er von seinen Einkünften aus Stipendien und Förderpreisen bereits gut leben kann.

Und die Moral von dieser Geschichte?
Die war zu keinem Zeitpunkt vorgesehen.

Eingeklemmt

An einem Dienstagmorgen, wie immer zur gleichen Zeit, eilt der Versicherungsbeamte Ullrich seiner Arbeitsstätte entgegen. Dabei geschieht es, dass er im Laufschritt die Straße überqueren und mit einem Schwung an zwei geparkten Autos vorbei auf den gegenüberliegenden Gehsteig gelangen will.
Es gibt einen starken Ruck, ein stechender Schmerz durchzuckt ihn und er vernimmt deutlich, wie im selben Augenblick sein rechtes Hosenbein zerreißt. Herr Ullrich bückt sich und betrach-tet das Malheur: Er ist zwischen zwei Stoßfängern eingeklemmt, die Hose ist stark verschmutzt, aus einer verborgenen Wunde tropft Blut.
„Guten Morgen, Herr Kollege!", tönt es vom Geh-steig her. Ullrich sieht auf und erkennt Referendar Holper von der KostenNutzenAbteilung, der soeben an ihm vorüber ist. Bald schwenkt das gläserne Eingangsportal hinter jenem zu und unwillkürlich will es Herr Ullrich dem Kollegen gleich tun, aber ein höllischer Schmerz erinnert ihn sogleich daran, dass er festgeklemmt ist.
Eine geraume Weile steht er benommen da und allmählich kommt ihm der Gedanke, dass er sich

wohl schwerlich aus eigener Kraft befreien können wird. Sein Blick wandert die Fassade der Versicherungsanstalt entlang, ein plötzlicher Schrecken durchfährt ihn: Wie zwei finstere Augenhöhlen starren vom dritten Stockwerk zwei unbeleuchtete Fenster auf ihn herab. Dahinter liegt sein Zimmer, Herr Ullrich ist dieses Mal zu spät zur Arbeit gekommen.

„Kann ich helfen? Ist Ihnen nicht wohl?" Eine ältere Dame mit einem Hund an der Leine ist stehen geblieben.

„Nicht der Rede wert", ruft Herr Ullrich und fährt mit seiner Aktentasche durch die Luft, „Ich will ein wenig rasten und nachher schnell weitergehen."

Die Frau zögert noch ein wenig, dann geht sie langsam weiter.

Das hätte ein Aufsehen gegeben, fährt es ihm durch den Kopf. Wer weiß, wen die Alte aller verständigt hätte! In solcher Lage sind zunächst ein kühler Kopf und ruhiges Blut vonnöten.

Und überhaupt war er nicht der Mensch, der sich so ohne weiteres von einem Wildfremden helfen ließ. Auf alle Fälle wäre er Verbindlichkeiten eingegangen und die Verpflichtung, jemanden Dank abzustatten zu müssen, war ihm zutiefst zuwider. Die Lösung seines Problems hatte vielmehr auf natürliche Weise zu erfolgen, solches erwartete er geradezu von seinem Schicksal. Schließlich war er völlig zu Unrecht in diese missliche Lage geraten.

Wenn er Glück hat, wird sein Fernbleiben bis etwa neun Uhr nicht bemerkt. Dann aber kommt mit Sicherheit der Bürobote, der die am Vortag erledigten Akten einsammelt.

Die Akten! Herr Ullrich tupft sich mit dem Taschentuch geschwind den Schweiß von der

Stirne. Wenn er nicht sofort an die Arbeit geht, gerät er hoffnungslos in Rückstand. Die Akten werden nämlich nach den laufenden Zahlen auf die Sachbearbeiter verteilt, da gibt es mitunter Tage, wo die Arbeit höchst schleppend vorangeht. Ein andermal wieder ist sie ein Kinderspiel und deshalb schlägt Herrn Ullrichs Herz jedes Mal schneller, wenn der Bote sein Zimmer mit einem neuen Aktenstoß betritt. Wenn er wenigstens wüsste, welcher Art die Akten waren, die er heute zugeteilt erhielt!

Und gar die Rückstandstabelle! Jeder einzelne Sachbearbeiter hatte seinen monatlichen Rückstand eigenhändig in die Liste einzutragen, die reihum ging und zuletzt von der Registratur nachgeprüft wurde. Für jeden unerledigten Akt erhält der Sachbearbeiter ein schwarzes Kreuzchen auf der Tabelle, die dem Herrn Abteilungsleiter vorgelegt wird und zum Monatsende ausgehängt wird. Auf diese Weise erfährt jedermann, wie gut oder schlecht er ist und alleine der Gedanke, seinen eigenen Namen dort nach langer Zeit erstmals wiederzufinden, ist ihm höchst peinlich.

Ein ganz offensichtlich beschäftigungsloser Mensch schlendert langsam heran, starrt ungeniert auf das eingeklemmte Bein und schüttelt den Kopf. Herr Ullrich, über das Betragen des ungepflegten Mannes entrüstet, fährt diesen an:

„So kümmern Sie sich doch gefälligst um Ihre eigenen Angelegenheiten. Gehen Sie!"

Der Angesprochene verzieht das Gesicht und entfernt sich, die Hände in den Hosentaschen vergraben.

Belästigungen solcher Art geschehen bereits am helllichten Tage!

Man bedenke nur die Anzahl frecher Blicke, die jener ihm fortwährend zugesandt hatte.

Und als ob alle Welt sich gegen ihn verschworen hätte, fängt es auch jetzt noch zu regnen an! Herr Ullrich beobachtet die Tauben, die sich unterhalb eines schützenden Fenstersims niedergelassen haben. Halb neun ist es gleich und Herr Ullrich erschrickt neuerlich heftig. Wie soll er seinen Aktenrückstand bis zum Monatsletzten einarbeiten, wenn es bis dahin nur mehr drei Tage sind?

Gerade am Vormittag geht ihm die Arbeit besonders leicht von der Hand, der heutige Tag ist daher nicht mehr einzubringen. Herr Ullrich zittert vor Aufregung und hofft, dass endlich einer der Autobesitzer herbeikommen möge, um ihn aus seiner unangenehmen Lage zu befreien.

Natürlich wird es nach diesem Zwischenfall einen Schlechtpunkt beim Herrn Abteilungsleiter geben, alleine schon der lächerlichen Begründung wegen!

„Vor allem haben Sie darauf zu achten, rechtzeitig zu erscheinen. Nennen Sie Ihre Verhinderung ein kleines Unglück, so antworte ich Ihnen, dass Sie es auf dem Wege ins Büro an der nötigen Sorgfalt mangeln ließen. Dieses wird, da die Verspätung Ihre Arbeitsleistung betrifft, im Beurteilungsbogen seinen Niederschlag finden."

So ähnlich hatte der Herr Abteilungsleiter einstmals einen Kollegen abgefertigt, der auf seinem Wege zur Arbeit in einen Unfall verwickelt worden war. Damals hatte er den Worten des Herrn Abteilungsleiter aus Überzeugung beigepflichtet und merkbar nicken müssen. Mochte Herrn Ullrichs Zuspätkommen auch zu begründen sein, so blieb es dennoch auf alle Fälle unentschuldbar.

Vielleicht hat man sein Fernbleiben noch gar nicht bemerkt! Auch das wäre gut möglich. Plötzliche Heiterkeit schüttelt ihn: Keine Frage, der Arbeitstag schreitet fort, ob mit oder ohne seinem Zutun. Dort oben sitzen die Kollegen und zermartern sich die Köpfe, jederzeit in ängstlicher Erwartung vor dem Erscheinen des Herrn Abteilungsleiter. Er sieht den Herrn geradezu vor sich, wie er mit leisem Schritt über den Gang geht und an den Türen horcht. Man weiß nie, ob er gerade eine Ungenauigkeit in den Akten entdeckt hat. Bisweilen wird der Betroffene erst lange hinterher ermahnt, bei belanglosen Anlässen oder durch ein beiläufig hingeworfenes Wort. Während man sich krampfhaft an jenen lange zurückliegenden Akt zu erinnern versucht, teilt der Herr Abteilungsleiter mit, dass er den Schaden mit eigener Hand behoben hat.

Herrn Ullrichs rechter Fuß ist gefühllos und dick angeschwollen. Er wird unverzüglich den Betriebsarzt aufsuchen müssen; es wäre ja gut möglich, dass er sich eine Blutvergiftung zugezogen hat. Unterdessen hat es zu regnen aufgehört, der Himmel lichtet sich. Nach und nach gehen im Versicherungsgebäude die Deckenlampen aus. Wie sehr beneidet er die Kollegen, die ungehindert ihrer Arbeit nachgehen! Viertelstunde um Viertelstunde verstreicht, einzelne Fenster werden geöffnet, er meint sogar das Surren der Rechner zu hören. Wenn doch nur einer der beiden Autobesitzer käme!

Da ertönt das Folgetonhorn eines Einsatzfahrzeuges. Herr Ullrich versucht in die Richtung des Geräusches zu spähen und fährt voll Schmerz wieder zurück. Angespannt wartet er, was nun geschieht. Wie er sich vorsichtig umwendet, erkennt er ein Fahrzeug der Feuerwehr. Aus den Augenwinkeln kann er verfolgen, wie aus der Dachrinne ein haariges Etwas, vermutlich eine Katze geborgen wird. Im Nu hat sich eine Menschentraube gebildet, selbst aus den Fenstern der Versicherungsanstalt strecken ein paar die Köpfe hinaus. Herr Ullrich fände es furchtbar peinlich, erkannt zu werden und er verbirgt sein Gesicht hinter der Morgenzeitung. Nach einigen Minuten, die ihm sehr lange vorkommen, ist der Einsatz beendet und die Menschen verlaufen sich wieder.

Höher und höher steigt die Sonne, auch Herrn Ullrich hat sie erreicht. In den oberen Stockwerken rasseln nacheinander die Markisen herunter, Herrn Ullrichs Zimmer ausgenommen. Als er am späteren Vormittag wieder nach oben blickt, bemerkt er, dass auch in seinem Arbeitszimmer die Markisen heruntergelassen worden sind. Was geht dort vor? Vielleicht hat eine Vertretung an seinem Schreibtisch Platz genommen? Der Herr Abteilungsleiter ist für seine raschen Entscheidungen bekannt. Mehrmals hat es Herr Ullrich schon erlebt, dass einer seiner Kollegen von einem Tag auf den anderen an eine neue Stelle versetzt wurde, ein Umstand, der als besondere Kränkung empfunden werden musste. Fieberhaft durchforscht er sein Gedächtnis: War seine Stellung auch tatsächlich so gefestigt, wie er es bisher vermutet hatte? Was zählen achtzehn Arbeitsjahre, wenn es vielleicht doch Einwände gegen seine Person gegeben hatte! Nein, er kann sich beim besten Willen an keine Ermahnung durch den Herrn Abteilungsleiter erinnern, aber das besagt noch lange nicht, dass er gänzlich frei von Vorwürfen war!

Entsetzlicher Gedanke: Gekündigt zu werden. Eine Abfertigung war ihm gewiss. Aber wo neue Arbeit finden? Seine jetzige Arbeit, die beherrschte er, da war er sich ganz sicher. Aber wofür taugten seine Kenntnisse sonst? Früher, er erinnert sich dunkel, in seiner Schulzeit, da galt er als einer der Fleißigen, die ihren Weg schon machen würden. Das zählt aber heutzutage wenig und das wusste er auch.

In Wellen steigt die Angst in ihm hoch: wie lange wird er noch die Wohnungsmiete zahlen können, die Rechnungen für Strom, Gast, Telefon? Wohnungsvermieter sind heutzutage besonders rücksichtslos. Es gibt nur einen Weg, mit ihnen zurechtzukommen: indem man bezahlt. Gleich ist die erste Mahnung da, vierzehn Tage später folgt die zweite. Nein, da nutzt kein Verhandeln, denn es steht am Papier schwarz auf weiß und eine gesetzte Frist ist da, um auch eingehalten zu werden. Das sieht er auch ein.

Er hat keine Bekanntschaften jener Art, von denen er sich Geld aufnehmen könnte. Offen gestanden, er selbst würde einen solchen Schritt auf das Entschiedenste zurückweisen, ja geradezu verurteilen. Und seine Verwandtschaft? Der fühlt er sich schon lange nicht mehr zugehörig. Und ausgerechnet vor diesen Menschen sollte er sich eine Blöße geben?

Ein etwa fünfjähriges Mädchen hat ihn erblickt und ruft:

„Sieh nur, Mama, der Mann hat sich weh getan!"

Verlegen blickt die Mutter Herrn Ullrich an, ganz offensichtlich schämt sie sich der Worte ihres Kindes:

„Entschuldigen Sie. Es ist ein Kind und weiß noch nicht, was es sagt."

Herr Ullrich nickt erfreut und sagt:

„Ist schon vergessen. Ich halte es mit der Ansicht, dass Eltern für ihre Kinder nichts können."

Die Mutter schickt ihm ein Lächeln hinüber und schlägt dem Mädchen auf den Mund:

„Sie sind sehr großzügig. Dafür möchte ich Ihnen Danke sagen."

Dann fasst sie das Kind an der Hand und zieht es rasch mit sich fort.

Herr Ullrich blickt auf seine Uhr: Die Mittagszeit ist längst vorbei, keine zwei Stunden noch und der Arbeitstag ist zu Ende.

Es kann nicht mehr lange dauern, bis er aus seiner Lage befreit wird. Und dann, nichts wie weg von hier, schnell, bevor ihn einer der Kollegen aus seiner Abteilung erkennt.

Er zuckt zusammen. Ihm ist, als hätte ihn jemand beobachtet. Richtig, dort steht der Herr von der Imbissstube, bei dem er hin und wieder eine kleine Jause kauft. Wie ist es möglich, dass jener ihn nicht bemerkt hat? Angestrengt späht er auf die gegenüberliegende Straßenseite und meint, erkannt zu haben, wie jener gar wohl aus den Augenwinkeln zu ihm herübersieht. Zwei, drei Male nickt Herr Ullrich heftig in die Richtung dieses Herrn. Warum grüßt der Andere nicht zurück? In dieser Entfernung wäre es durchaus angemessen, ein Zeichen des gegenseitigen Erkennens zu tauschen. Immerhin, Herr Ullrich war es bisher gewohnt, stets auf das Allerhöflichste bedient zu werden. War dem Anderen die ungewohnte Begegnung etwa peinlich? Ahnt jener gar von seinen augenblicklichen Schwierigkeiten?

Gewiss verfolgte der Händler bestimmte Gedankengänge, als er Herrn Ullrich ansichtig wurde. War vielleicht in jenem schon ein Verdacht aufgestiegen, als er ihn zu solch unangemessener

Zeit unter freiem Himmel angetroffen hatte? Es mochte sein, dass solche Überlegungen im Kopfe des Imbissstuben-Besitzers noch in Schwebe waren.

Mit den bloßen Händen versucht er, die beiden Fahrzeuge auseinander zu schieben, doch seine Kräfte reichen nicht aus. Mit Bangen zittert er dem Büroschluss entgegen, gleichzeitig sehnt er den Autobesitzer herbei, der ihn befreien könnte. Wer kommt denn da? Es ist die ältere Dame von morgens mit dem Hund, sie hält ein, sie hat ihn ganz gewiss wieder erkannt. Was tut sie jetzt? Sie wechselt die Straßenseite! Herr Ullrich findet sich in seinem Elend recht abstoßend.

Aus den Bürotürmen kommen die ersten Menschen. Herr Ullrich schickt ein Stoßgebet zum Himmel. Möge geschehen, was da wolle, nur gesehen werden, an solch unwürdiger Stelle, das will er auf keinen Fall. Er beginnt, vor Aufregung zu zittern. Sa kommen auch schon die Kollegen! Um Himmels Willen! Nur jetzt nicht erkannt werden!

Kein Mensch würde ihm Glauben schenken, dass er seit dem Morgen diese Stelle nicht verlassen hätte. Sein guter Ruf, der ihm vorauseilte, einer der Verlässlichsten zu sein, wäre verloren.

Was ist geschehen? In Gruppen, ganz in ihre Gespräche vertieft, gehen sie nahe an ihm vorüber und nicht ein Blick fällt auf ihn! Ist das möglich? Er ist doch nicht unsichtbar!

Doch halt: Wollte man ihn am Ende gar nicht bemerken? Welche Absicht konnte dahinter stecken? Vielleicht, in einem Augenblick, in dem er sich unbeobachtet glaubte, war er von einem der vielen Fenster aus bemerkt worden; dieser Eine hatte sogleich die gesamte Kollegenschaft herbeigerufen. Sie mussten die Vereinbarung getroffen haben, ihn nicht zu erkennen; ihn, der lieber auf der Straße herumsteht, als zu arbeiten.

Oder, was noch bedenklicher wäre, geschah das Nicht-Erkennen aufgrund einer ganz bestimmten Weisung von oben? Das allerdings wäre entsetzlich.

Auch die letzten Nachzügler haben das Gebäude verlassen, der ganze Straßenzug liegt mit einem Male wieder wie ausgestorben da. Ein neues Problem bedrückt Herrn Ullrich sehr: Die Zeitschaltuhr hat die Heizung in seiner Wohnung in Gang gesetzt. Welche Vergeudung!

Lange zieht sich dieser Abend hin. Die Schreckensbilder des vergangenen Tages purzeln auf ihn nieder, bisweilen muss er leise aufstöhnen, während er dazu mit dem Kopf wackelt. Die Aktentasche ist ihm entglitten und liegt, unerreichbar für ihn, unter dem vorderen Wagen.

Sowie es völlig dunkel ist, schlägt er in aller Heimlichkeit sein Wasser ab. Weiteren Bedürfnissen muss er sich in Anbetracht der beengten Verhältnisse entsagen.

Feucht und kalt ist es geworden, er zieht den Rock eng um den Leib. Eine gute Zeitlang schon findet er keinen klaren Gedanken mehr. Sein Kopf wird schwer und fällt nach vorne, noch ehe ihm die Beine einknicken, schreckt er wieder hoch, denn sein wundes Bein bereitet ihm großen Schmerz. Zuletzt findet er eine Ruhestellung, halb über das Heck des vorderen Wagens hingestreckt und schläft ein wenig, von bedrohlichen Bildern umfangen.

Am nächsten Morgen dauert es, bis er sich in seiner Lage wieder zurechtgefunden hat. Sein Mund ist ausgetrocknet, in den Schläfen pocht dumpfer Schmerz; er fühlt sich ganz und gar elend und in seinen Kleidern unwohl. Während es von Minute zu Minute heller wird, verrichtet Herr Ullrich, so gut es geht, die Morgentoilette. Er reibt seine Augen, rückt seine Krawatte zurecht und glättet mit den Händen Hose, Hemd und Überrock. In der Heckscheibe des Autos vor ihm findet er seine Spiegelbild und versucht, sein Haar zu scheiteln.

„Morgen!" ertönt eine Stimme unvermutet vor ihm und Herr Ullrich erblickt einen Herren, der sich soeben anschickt, in sein Auto zu steigen.

„Wir sind etwas knapp mit dem Platz. Stört es Sie, wenn ich zuerst wegfahre?"

Der Unbekannte hält ihn offensichtlich für den Besitzer des vorderen Fahrzeuges. Herr Ullrich nickt und stützt sich mit einer Hand ab, während er mit der anderen so tut, als wolle er den Motorraumdeckel öffnen. Als der Andere losfährt, spürt er nichts, auch keine Erleichterung.

Er hebt die schmutzige Aktentasche auf und humpelt, immer mit einer Hand an die Hauswand gestützt, auf das Eingangsportal der Versicherungsanstalt zu.

Der Zufall will es, dass er ungesehen an der Portierloge vorbei zum Aufzug gelangt. In der Liftkabine betrachtet er sein Spiegelbild. Zum ersten Mal in seinem Leben ist er über seinen schwachen Bartwuchs froh. Wenn er sich geschickt verhält und stets im Schatten bleibt, wird keiner seine Bartstoppeln bemerken. Bloß das Bein! Bei jedem seiner Schritte gibt es ihm einen fürchterlichen Stich. Aber das Schlimmste ist die zerrissene Hose. Er beschließt, diesmal auf das Mittagessen in der Kantine zu verzichten.

Sein Herz beginnt zu klopfen, sowie er sein Arbeitszimmer betritt.

Zwei hohe Aktenstöße liegen unerledigt auf dem Schreibtisch, er atmet erleichtert auf. Auf der Stelle setzt er sich nieder und schlägt den obersten Aktendeckel auf. `Wie köstlich ist doch die Arbeit´ denkt er noch, holt einige Male tief Luft und ist gleich darauf völlig in die Lektüre vertieft.

„Da sind Sie ja wieder, mein Guter!" ruft es von der Türe her. Herrn Ullrich war jegliches Zeitgefühl abhanden gekommen. Er fährt überrascht hoch, als er sich dem Herrn Abteilungsleiter gegenüber sieht.

„Herr Abteilungsleiter", sagt er, „ich bitte, meine Unpässlichkeit von gestern zu entschuldigen."

Der Angesprochene mustert ihn genauer, sieht ihn blass und schmal mit tiefen Ringen um die Augen. Sein Gesicht glättet sich für einen Moment, dann zieht er die Luft durch die Nase ein und sagt: „Öffnen Sie das Fenster, schlechte Luft ist der Konzentration abkömmlich. Und machen Sie sich gleich über die Arbeit, damit Ihr Rückstand nicht zu groß wird."

„Gewiss", murmelt Ullrich und beißt sich auf die Lippen, denn er wagt es nicht, sich von seinem Platz zu erheben, der zerrissenen Hose wegen.

„Sonst noch was?" Der Abteilungsleiter ist irritiert, weil Herr Ullrich keinerlei Anstalten macht, das Fenster zu öffnen.

„Alles in Ordnung, Herr Abteilungsleiter."

Der schnauft kurz und schließt die Türe hinter sich zu.

Mit wahrer Verbissenheit macht sich Herr Ullrich über den Aktenberg, seine Augen fliegen förmlich über die Zeilen, der Bleistift zuckt, fügt Randanmerkungen hinzu und als der Bürobote gegen neun Uhr eintritt, hat er tatsächlich einen Teil seines Rückstandes aufgearbeitet.

Durch diese Störung verliert er ein wenig von seiner Aufmerksamkeit, er versucht sich die Worte des Herr Abteilungsleiter wieder ins Gedächtnis zu rufen. Sie klangen gewiss nicht unfreundlich, doch dies änderte nichts an der Tatsache, dass er sich eine große Unregelmäßigkeit zuschulden hatte kommen lassen. Mochte dieser Anlassfall noch keine Folgen für ihn haben, für die Zukunft war er jedoch mit einem Makel behaftet, daran gab es nichts zu rütteln.

Er zählt die offenen Akten des Vortages, elf Stück. Von heute sind weitere sechzehn Akten offen, macht zusammen siebenundzwanzig. Wenn er nur die Arbeit mit nach Hause nehmen dürfte! Aber das ist streng verboten, der Herr Abteilungsleiter überprüft selbst stichprobenartig alle Zimmer des Stockwerkes.

Er blickt auf seine Uhr, es ist halb elf. Vorhin war es gerade kurz nach neun, er hätte schwören mögen, nur ein paar Augenblicke untätig da gesessen zu sein. Hatte er geschlafen? Sonderbar, das Zimmer scheint um ihn zu schwanken, aber er war ja nicht betrunken, schneller und schneller dreht es sich und je länger Herr Ullrich dem Trugbild zusieht, desto stärker steigt die Übelkeit in ihm hoch. Er sollte das Fenster öffnen, um ein wenig frische Luft hereinzulassen, das täte ihm bestimmt gut. Er stemmt sich mit beiden Händen vom Schreibtisch hoch, er tut einen Schritt, dann wird ihm vor den Augen dunkel und er schlägt der Länge nach auf den Boden hin.

Die zerrissene Hose! denkt er noch und will ein wenig zum Schreibtisch rutschen, um sein Bein dahinter zu verbergen. Schließlich hat er nur noch den Wunsch, zu schlafen.

Am späteren Nachmittag findet ihn der Bürobote. Von dessen Schreckensruf erwacht Herr Ullrich. Das Zimmer hat sich mit einer Menge Leute gefüllt, zumeist bekannten Gesichtern aus dem gleichen Stockwerk. Wie peinlich, wenn sie die zerrissene Hose sehen. Was wird man von ihm halten? jetzt kommt sogar der Herr Abteilungsleiter mit zwei Sanitätern.

„Es wird schon vorbeigehen!" will Herr Ullrich sagen, als er auf eine Tragbahre gelegt wird und er erschrickt über seine eigene Schwäche. In den Gesichtern seiner Kollegen meint er Abneigung und auch Ekel zu erkennen. Der Herr Abteilungsleiter sagt zu seinem Nachbarn gepresst:

„Machen Sie endlich das Fenster auf! Die Luft ist ja zum Schneiden!"

Herr Ullrich schämt sich sehr, er will sich den Griffen der Sanitäter entziehen, will schreien, doch seine Stimme, fremd und kläglich, krächzt:

„Ein Missverständnis, ich bitte Sie! Mir fehlt nichts weiter!"

Doch niemand hört seine Worte. Endlich wird eine Decke über seine Hose gebreitet, geübte Hände schnallen ihn fest. Gleich darauf schaukelt er unsanft über den Gang. Man gibt den Weg frei, mit dem Rücken an die Wand starren ihn eine Menge Augen an. Sein Kopf ist jetzt klar genug, um die Abneigung wahrzunehmen, die ihm auf jedem Meter seines Weges entgegenschlägt. Jetzt ist er ein Ausgestoßener, ein Häufchen Schmutz, eine Belastung für den ganzen Betrieb. Der Eindruck, den er heute hinterlässt, wird unauslöschlich im Gedächtnis dieser Leute haften und er schließt die

Augen in ohnmächtiger Bitterkeit. Welch ein Abschied!

Im Krankenhaus nehmen ihn zwei flinke Schwestern in ihre Obhut, sie schälen ihn aus seinem muffigen Gewand, seine Verletzung am Bein wird gereinigt und verbunden und zu guter letzt wird er in einen gekachelten Raum geschoben. Dort, umgeben von elektronischen Geräten und Monitoren, residiert der Arzt. Herrn Ullrich fröstelt bereits stark, währenddessen verschiedene Sensoren auf seiner nackten Haut angebracht werden. Der Mediziner bedient die Geräte und dreht an den Knöpfen, ein Brummen und Surren hebt an und zuletzt rattert aus einem Schlitz ein meterlanger Papierbogen.

Kalter Schweiß bedeckt Herrn Ullrichs Körper. Ich will zurück, will wieder arbeiten! Und mit jähem Schrecken erinnert er sich an die Zeitschaltuhr, die wiederum die Heizung in Gang setzt und er sagt laut:

„Welche Vergeudung!"

Der Arzt, der mit seinen Gedanken auf den Ausdruck konzentriert war, blickt erstaunt auf.

„Herr Doktor", fleht der Patient Ullrich, „Ich muss arbeiten. Es ist von allergrößter Wichtigkeit. Morgen gebe ich mein Rückstandsprotokoll ab."

„Machen Sie sich keine Sorgen. Sie werden die richtige Behandlung bekommen. Das wird Ihnen gut tun. In ein paar Tagen sind Sie wieder beisammen."

„Gütiger Himmel", erschrickt Herr Ullrich und zerrt an den Gurten, die ihn festhalten, „Schon übermorgen ist es für mich zu spät. Noch nie war ich mit meinen Akten im Rückstand."

Der Arzt schüttelt den Kopf: „Ihre gesundheitlicher Zustand steht bei uns an erster Stelle."

„Aber ich bin ja gesund. Überzeugen Sie sich selbst, lassen Sie mich aufstehen."
Und als er das Gesicht des Arztes sieht: Bloß ein Versuch, Herr Doktor, ich bitte Sie darum!"
Ob er will oder nicht, Herr Ullrich wird in ein Krankenzimmer gebracht. Dieses ist ein heller, großer Raum und er liegt dort ganz alleine. Weil es nicht möglich ist, die dunkel getönten Fenster zu öffnen, wird von einigen Stellen aus der Decke frische, temperierte Luft hereingeblasen. Vom Kopfende des Bettes hängt ein Kabel mit einem Druckknopf am Ende, mit dem man um Hilfe klingeln kann. Daneben baumelt ein Kopfhörer, aus dem fröhliche Musik zirpt, die manchmal von Werbeeinschaltungen unterbrochen wird. Über der Türe ist eine Kamera befestigt, an deren Unterseite eine rote Leuchtdiode blinkt.
Gegen Abend wird ihm ein Tablett ins Zimmer gestellt, auf dem eine Kunststofform liegt, die an ihrer Oberseite mit einer Aluminiumfolie zugeschweißt ist. Daneben liegen ein paar Tabletten.
Herr Ullrich zieht die Folie ab und der Geruch von Rindssuppe, Gemüse und gekochtem Fleisch steigt ihm in die Nase. Das Besteck dazu ist aus Plastik und liegt praktischerweise gleich daneben.
Die Tabletten schluckt er unter Aufsicht einer Schwester und als diese gehen will, ruft er ihr nach:
„Schwester, wann werde ich entlassen?"
„Wenn Sie die Anweisungen befolgen, können Sie bald wieder gesund werden."
Herr Ullrich sinkt zurück. Wenn man ihn doch bloß wieder hinaus ließe, an seine Arbeitsstätte, nach Hause! Jetzt bestünde noch eine kleine Möglichkeit, den Rückstand aufzuholen. Oh, er

würde sich mit aller Kraft in seine Arbeit stürzen, keine Minute versäumen und mit eiserner Energie Akt um Akt aufarbeiten! Er blinzelt mit den Augen, während er sich Umfang und Inhalt seines Rückstandes auszumalen versucht. Mit Schrecken erinnert er sich: siebenundzwanzig Stück von heute, morgen kommen abermals sechzehn Stück dazu, macht zusammen dreiundvierzig!

Da geht das Licht in seinem Zimmer aus. Zugleich ist auch der Kopfhörer verstummt. Herrn Ullrich befällt eine namenlose Angst. Angestrengt starrt er ins Dunkel, wo über der Türe in Sekundenabständen regelmäßig ein schwaches rotes Licht erscheint. Er findet lange keine Ruhe und schläft erst erschöpft im Morgengrauen ein.

Bald geht das Licht wieder an. Zugleich knistert aus dem Kopfhörer fröhliche Musik. Eine ihm unbekannte Person in den Arbeitskleidern des Spitals begrüßt ihn, als ob sie mit ihm vertraut wäre und bringt das Frühstück mitsamt einer Leibschüssel ans Bett.

Noch schlafestrunken setzt sich Herr Ullrich auf und kaut ohne Appetit. Mit dem letzten Schlückchen Tee spült er seine Tabletten hinunter. Danach wird er sehr müde und liegt mit vollem Magen benommen da.

Herr Ullrich entsinnt sich, dass es höchste Zeit wäre, ins Büro zu gehen. Er hat ja schließlich einen Rückstand aufzuarbeiten. Wie viele Akten waren es bloß? Dreiundvierzig oder gar neunundfünfzig? Oh, er weiß nur zu gut, wie man mit jenen Personen verfährt, die mit ihrer Arbeit heillos in Verzug geraten sind. Spätestens am morgigen Abend wird der Herr Abteilungsleiter von seinem riesigen Rückstand erfahren. Was danach geschehen wird, das wagt er sich nicht einmal auszumalen!

Nein , er wird vor ihn hintreten und sagen können: „Herr Abteilungsleiter, alle Akten sind aufgearbeitet!", denn er wird sich über Nacht im Büro einsperren lassen und den Rückstand solcherart vermindern. deshalb muss er sich jetzt beeilen und vor allem seine Kleider suchen, damit er das Spital verlassen kann.

Als Herr Ullrich neuerlich zur Untersuchung geführt wird, schlägt sein Herz rasend schnell. Der Arzt gibt Anweisung, die Medikamentendosis zu erhöhen.

Den ganzen Tag dämmert Herr Ullrich, von Angstschaudern gepeinigt, dahin. Ein leichtes Fieber stellt sich ein, er isst auch weiterhin folgsam und ohne Appetit und nimmt dazu Medikamente zu sich. Eine neue Krankenschwester ist gekommen. sie ist sehr freundlich zu ihm. Er wertet das als gutes Zeichen.

Am dritten Tag stört es Herrn Ullrich nicht weiter, dass er ins Untergeschoss gebracht wird. Man entkleidet ihn vollständig , dann schnallt man ihn auf einer Art Schlitten fest und schiebt ihn in das Loch einer riesigen Maschine. Er liegt ruhig ausgestreckt, wie es ihm aufgetragen worden war, eine ganze Weile im Dunkel.

Am Nachmittag träumt er von einer komplizierten Aktlage, zu deren richtige und vollständige Bearbeitung es bislang keine Entscheidung gibt. Darüber wacht er kurz auf und erschrickt: Nicht auszudenken, wenn ein Anderer schon an seinem Schreibtisch säße. Der Gedanke alleine treibt ihm die Hitze ins Gesicht. Und wenn nun der Andere die Arbeit besser zuwege brächte und er Herr Ullrich, nicht mehr gebraucht würde? Gewiss, die

Arbeit braucht vor allem Genauigkeit und Erfahrung.

Doch wer kann von sich schon behaupten, nicht ersetzbar zu sein?

Die Schwester lobt ihn, obwohl er zwei Kilo abgenommen hat. Wie er wieder in sein Bett zurückgebracht wird, wundert er sich über die Menge an Haarbüscheln, die auf seinem Kopfpolster liegen.

Anderentags wird er in einen neuen Trakt überstellt und er rechnet gerade aus, dass er ungefähr mit fünfundsiebzig bis einundneunzig Akten im Rückstand ist. Sein Körper ist mit dunklen Flecken übersät.

Zwischen Wachen und Dahindämmern denkt er immer wieder daran, wie er im Laufe der Jahre eine Art von Zuneigung für die rauen Aktendeckeln gewonnen hatte. Schlug er nur einen davon auf, dann empfand er sofort eine starke Anspannung, eine freudige Herausforderung. Und wenn es ihm zuletzt gelungen war, ihn zu bearbeiten und er ihn zuklappen und wegschieben konnte, dann war er von tiefer Befriedigung erfüllt, die so lange anhielt, wie er das Aktenstück vor sich am Schreibtisch liegen sah.

Als er am späten Nachmittag für eine kurze Zeitspanne wieder das Bewusstsein erlangt, flüstert er:

„Herr Abteilungsleiter, diesmal sind es einundneunzig, nein hundertsieben Akten. Ich bitte um Nachsicht."

Zur selben Zeit sitzt der so Angesprochene in seinem Bürozimmer und kritzelt Gittermuster auf ein Blatt Papier. Pünktlich, verlässlich, schier unersetzlich war der Sachbearbeiter Ullrich. Woher soll er jetzt gleichwertigen Ersatz herbekommen?

-Schwarze Geschichten-

.

Summe der kleinen Unfälle

Einer der höheren Chargen der Polizei wollte mir unbedingt ein Geständnis abpressen. Wenn sich die geballte Macht des Staates auf jemanden wie mich stürzt, der keinen einflussreichen Menschen kennt, der sich für ihn einzusetzen vermag, dann geht es bald um Leib und Leben.

Die Polizisten haben mir ihre Fäuste in den Bauch gerammt, bis ich mich übergeben musste, mir die Hände verdreht, dass ich vor Schmerzen aufschrie. Jemand hat meinen Fuß so sehr gequetscht, dass die Zehennägel später schwarz geworden sind und sich abzulösen begonnen haben. Ich bin an den Haaren gezogen worden, bin mit dem Kopf an die Wand geschlagen, dass ich zu Boden fiel. Man hat mich aufs Übelste beschimpft und man hat mich mit kaltem Wasser begossen, bis ich so stark gezittert habe, dass ich umgefallen bin und selbst ihre Tritte kaum noch spüren konnte.

Meine ganze Hoffnung habe ich damals auf jemanden wie Sie gesetzt, wenn mein Mund voller Blut war und ich die Augen geschlossen hielt, um das Kommen ihrer Schläge nicht ansehen zu müssen, damit ich nur mit den Schmerzen fertig zu werden brauchte. Ich dachte immer wieder, dass, wenn ich die Verhöre überstehe, mir eines Tages jemand raten oder seine Hilfe anbieten wird. Ich weiß, dass ein Inhaftierter ein Recht darauf hat, nach ein paar Tagen oder einer Woche mit einem Anwalt zu reden. Aber davon war bei mir nie die Rede. Wie lange ich hier bin, weiß ich nicht, sind es acht Wochen oder schon vier Monate?

Die halbe Stunde, die Sie mit mir zubringen, wird zu kurz sein. Ich muss Ihnen zunächst erklären, dass ich völlig unschuldig bin. Und dass ich mit letzter Sicherheit nicht einmal weiß, warum ich in diese Lage gebracht wurde.

Solange ich mich zurückerinnere, kenne ich einen bestimmten Zustand, in dem ich sitze, liege oder stehe und dabei zu überlegen beginne. Danach fällt mir dieses oder jenes ein und wenn ich zuletzt auf die Uhr sehe, dann bin ich erstaunt, dass eine Menge Zeit vergangen ist. Das können zwei Stunden oder auch mehr sein. Mir gelingt es seit je, lange stille zu sitzen und wenn ich aufsehe, weiß ich nur, dass ich mich in einem Wachzustand befunden und zugleich in irgendwelche Gedanken vertieft war. Früher wünschte ich mir nichts sehnlicher, ich könnte diese Zeitverluste abstellen oder geringfügig halten und ich habe es auch mehrfach versucht. Dabei sind mir oft wichtige Dinge, wie Verabredungen, Vereinbarungen, oder Gespräche entgangen; allesamt Angelegenheiten, über die man natürlich Bescheid gewusst hatte, bloß ich nicht. Diese Umstände haben mich mein Leben lang in Schwierigkeiten gebracht. Eine Weile wurde ich sogar für beschränkt gehalten, weil ich oft als Einziger nicht wusste, was den anderen als selbstverständlich galt.

Schon während meiner Kindheit geschahen in meiner Umgebung unerklärliche Dinge. So wurde die zum Trocknen aufgehängte Wäsche absichtlich in den Schmutz geworfen. Wer wurde dafür bestraft? Ich alleine, weil ich keine Erklärung abgeben konnte, wo ich mich gerade aufgehalten hatte und was ich gerade gemacht hatte. Aus der Speisekammer fehlten Lebensmittel, schöne Gläser und Tassen gingen zu Bruch. Jedes Mal kam man auf mich zurück, machte man mich verantwortlich; auf den einzigen, der kein Alibi angeben konnte.

Alles Unglück geschah just in jener Zeit, die für mich verloren war, weil ich sie nicht mitbekam. Noch dazu war ich recht ungeschickt. Seit jeher bekam ich zu hören, sowie ich ein Ding anrührte, lass das sein, greif' besser nichts an. Und einen Halbsatz später hielt man mir meine Trägheit, meine Untätigkeit vor.

Ich war noch keine achtzehn Jahre alt, als mich mein Vater aus dem Haus warf. Er kam auf mich zu, hielt unseren Hund im Arm, dessen Kopf rückwärts baumelte, das Fell war glatt durchtrennt, die aufgeschnittene Kehle klaffte weit, Luft- und Speiseröhre waren gut neben den Blutgefässen erkennbar. Er selbst war über und über mit Blut verschmiert, doch das schreckte mich weniger. Den starren Blick meines Vaters vergesse ich bis zum heutigen Tag nicht. Es sah ganz danach aus, als trüge er in seiner Fassungslosigkeit den Keim des Wahnsinns in sich. Mit zitternden Lippen sagte er zu mir, verschwinde.

Auch später blieb er unnachgiebig und ich war gezwungen, mich mit Hilfe meiner Mutter nächtens heimlich ins eigene Zimmer zu stehlen, um wenigstens ein paar von meinen Habseligkeiten mitzunehmen.

Dabei war das Tier, als es noch lebte, von ausgesprochener Dummheit, denn es tat fast immer genau das, was man von ihm verlangte. Seinem ganzen Wesen nach war es unterwürfig, anhänglich und damit lästig. Ich erinnere mich, wie ich mit ihm herumtobte, der Teppich flog unter seinen Pfoten, der Tisch bewegte sich und ein Sessel fiel um. Die Eltern schimpften, doch mit wedelndem Schwanz stand das Tier vor ihnen. Und selbst ein Schlag auf die Schnauze ließ es seinem Herrchen gegenüber nicht ärgerlich werden.

Sie meinten, ich möge mich kurz fassen. Ich will mich darum bemühen.

Warum ich hierher gekommen bin, habe ich mir erst später zusammenreimen können. Ich hatte gerade angestrengt nachgedacht und war daher völlig überrascht, als ich von einem Unbekannten höflich angesprochen wurde, der sich auswies und mich bat, doch ein paar Aussagen zu Protokoll zu geben und zu diesem Zweck auf die nächste größere Amtsstube mitzukommen. Während meiner Rückkehr, also in den Augenblicken, in denen sich mein Kopf wieder auf seine vorherige Umgebung zurückbesinnt, bin ich meist ein wenig erschöpft, da leiste ich keinen Widerstand. Vermutlich hat jemand gewusst, wie man die Situation ausnutzt und mich auf eine Wachstube bringt, wo ich zunächst völlig ahnungslos die verschiedensten Fragen über mich ergehen ließ.

Bald begriff ich, dass mich jemand beobachtet hatte. Meine Lebensgewohnheiten waren für den Herren, der anfangs seine Fragen sehr höflich stellte, kein Geheimnis. Erst im Laufe des

Gespräches war der eine oder andere kleine Vorwurf herauszuhören. Dann aber kam ein weiterer Mann herein; dieser zog sofort das Gespräch an sich, er stellte Fragen über Fragen und ließ, selbst wenn ich heftig verneinte, nicht locker. Ich war zum Beispiel nie verheiratet und habe auch keine Kinder. Das ließ er nicht gelten. Ich erklärte ihm, dass, solange ich mich zurückerinnern kann, ich mit Frauen gewisse Schwierigkeiten hatte. Diese Antwort stellte ihn überhaupt nicht zufrieden. Aber es war so. Wenn mir eine Frau gefällt und ich mich an sie anlehnen möchte, dann weicht sie mir aus. Ich habe mich schon lange damit abgefunden, zu der Sorte von Männern zu gehören, die für die Nähe einer Frau Geld auf den Tisch legen. Im Lauf der Zeit habe ich schließlich erkennen müssen, dass letztlich auch viele andere auf ihre Weise einen Preis zu bezahlen haben.

Mit der ihm eigenen Hartnäckigkeit befragte mich der Oberverhörer nach dem Alter zweier Kinder. Ich habe wirklich keine Erfahrung mit Kindern. Ich finde sie rührend. Aber ich kann mit ihnen nichts anfangen.

Die Polizei hat nämlich zwei kleine Kinder gefunden. Zerschmettert, sagte der Polizeioffizier. Danach kam mir der Gedanke, dass er unbedingt auf ein bestimmtes Eingeständnis hinaus wollte, eines, das er schon in seinem Kopf ausformuliert hatte. Danach zeigte er mir Fotos von den kleinen Körpern. Ich merkte, wie er mich beobachtete. Es waren großformatige hoch glänzende Abzüge von ausgezeichneter Qualität. Jede Einzelheit darauf war gut zu erkennen. Man konnte die vielen Verletzungen nicht zählen. Warum verlangte er von mir, dass ich die Zahl der Schläge zähle, die nötig waren, einen kleinen Menschen unkenntlich zu machen? Weil er keine Beweise hatte.

Zwei zerschmetterte Kinder. Wenigstens die Kopfhaare sind zum Teil unversehrt. Denn dort, wo sie nicht mit Blut verkrustet sind, bilden sich die Naturwellen wieder in ihrer ursprünglichen Form zurück.

Das ist noch nicht alles. Es soll noch eine Frau geben, die Mutter der beiden. Sie ist verschwunden. Was geht mich das an, fragte ich zurück, ich habe nichts mit diesen Menschen zu tun.

Sie sind doch verheiratet, entgegnete man mir neuerlich, als hätte ich nicht gerade das Gegenteil gesagt. Schließlich müsse das ich doch selbst am besten wissen.

Und die vorliegende Beurkundung?

Was sind schon irgendwelche Papiere. Es gibt Verwechslungen, Namensgleichheiten. Papier ist geduldig. Da können Sie weiß Gott was draufschreiben und es nachher 'runterlesen. Ein Papier alleine ist kein Beweis.

Das reicht, sagte der Wortführer und nickte seinem Kollegen zu, der sich ruhig im Hintergrund verhalten hatte. Dieser schob nun seine Unterlagen zusammen und verließ den Raum.

Ich vergaß noch zu erwähnen, dass man eine andere alte Geschichte ausgegraben hat. Kurz nachdem ich von zu Hause fort musste, war ich eine Zeitlang als Hilfsarbeiter mit dem Graben von Künetten beschäftigt. Aber mir fehlte es vor allem an der Kraft in den Armen. Der Baggerfahrer arbeitete und ich sollte mit Schaufel oder Krampen die Feinarbeit machen, aber ich kam nicht nach. Nach ein, zwei Stunden waren meine Kräfte dahin, meine Schaufel kratzte gerade noch über die Erde, denn die Innenseiten meiner Hände schmerzten höllisch und in den Oberarmen spürte ich nichts als Müdigkeit. Eines Tages nach der Mittagspause blieb unser Vorarbeiter verschwunden. Wir dachten wir uns nichts, als er nicht mehr zurückkam. Bei dem Lärm, den der Bagger neben uns machte, hörten wir kein Rutschen von Sand und Gestein, das ihn bedeckt haben musste, wie wir erst später erfuhren.

Ich vergleiche mein Schicksal mit jemanden, der auf der Straße an einem Unfall vorbeikommt und in Ermangelung anderer Anwesender einfach mit dem Vorwurf konfrontiert wird, ihn mitverursacht zu haben. Jeder Beliebige kann auf diese Weise beschuldigt werden. Aber es nützt einem besonderen Zweck. Das verstehe ich auch. Denn für den Erhalt der Ordnung bedarf es der Einschüchterung. Da kann es nur nützlich sein, so schnell wie möglich einen Schuldigen ausfindig gemacht zu haben.

Vor allem die Häufung verschiedener Zufälligkeiten wurde mir immer wieder vorgeworfen, als ob ich es wäre, der alleine den Schlüssel zum Schicksal der Menschheit besäße.

Erst zwei Tage nach dem Vorfall begann man nach unserem Vorarbeiter zu suchen. Es dauerte nicht lange, bis er gefunden wurde. Der Krampen befand sich noch in seinem Körper, er war von vorne auf seine Schädeldecke niedergesaust, hatte diese gespalten, war geradewegs durch den Hals in seinem Brustkorb gedrungen, wo er zuletzt ein wenig schräg stecken geblieben war.

Es mag schon vorgekommen sein, dass ich bei dem Anblick seiner Überreste genickt habe. Die Wucht des Schlages von oben war derart, dass es ihm nicht nur den Kopf gespalten, sondern auch den

Unterkiefer halb herausgerissen wurde, weshalb sein Gesichtsausdruck zu einer eher dümmlich wirkenden Grimasse verkam.

Ich wünsche mir nichts als Gerechtigkeit. Die Fakten sollen zählen und keine Verdächtigungen. In diesem Falle müsste der Mörder über und über mit Blut bespritzt gewesen sein. Also konnte ich nichts damit zu tun gehabt haben. Zusätzlich musste derjenige, der den Angriff ausführte, über eine enorme Kraft und Schnelligkeit verfügt haben, denn schließlich erfolgte er von vorne. Ich war jeweils um die Mittagszeit schon vollständig von der Arbeit erschöpft, wie meine früheren Arbeitskollegen sicher bezeugt haben. Das einzige, was blieb, war ein mögliches Motiv, weil der Vorarbeiter es zum wiederholten Male auf mich abgesehen hatte, und weil er mich wegen meiner körperlichen Schwäche nicht hinauswarf, sondern mich lieber dem allgemeinen Gespött preisgab.

Der Krampen, der in seinem Rumpf steckte, war noch dazu sein eigener. Das passte nicht zusammen. Es gab auch nicht die geringste Spur von Fingerabdrücken auf dem Stiel. Man machte mir zum Vorwurf, damals Arbeitshandschuhe verwendet zu haben. Jeder trug Arbeitshandschuhe. Wo sonst, als bei der Arbeit soll man sie denn verwenden?

Wie hätte ich damals ahnen können, dass ein paar Jahre später dieses Geschehnis von einem Vertreter der staatlichen Ordnungsmacht mir alleine zur Last gelegt wurde, als schwerwiegender Hinweis für meine Anlage zu einer äußerst gefährlichen Grausamkeit?

Viele Jahre sind seit dem damaligen Unglück vergangen und die Wirklichkeit wird von einem sprachgewandten Manne, der mich vorher nie gesehen hat, auf den Kopf gestellt. Sie wird auf eine Weise gedeutet, wie es sich in einem besonderen Augenblick, eben eine gewisse Zahl von Jahren danach als nützlich und passend darstellen lässt. Soweit zur Interpretation von Dingen, die eigentlich Geschichte sein sollten.

Man zeigte mir das Foto der vermissten Frau. Ich fand sie nicht unhübsch. Bei längerer Betrachtung gefiel sie mir geradezu. Wenn man sie fände, ich wäre einer Begegnung nicht abgeneigt. Aber ich halte auch dieses Foto für eine Falle. Es soll mir eine Aussage entlockt werden, die für mich nachteilig ist. Ich erkläre mich bereit, diese Frau zu treffen. Man soll mich meinetwegen ihr gegenüberstellen.

Dann kehrte der Mann, der mich eingangs verhört hatte, zurück. Er las mir einen Haftbefehl, lautend auf meinen Namen vor, der mittlerweile von einem Untersuchungsrichter unterzeichnet worden war.

Mit meiner Überstellung in dieses Haus ein paar Wochen später begann eine üble Zeit. Hinter diesen Mauern finden die Vernehmungen in einem Klima des fortwährenden Druckes statt. Die Menschen sind rüde und ungehobelt. Jede Verweigerung, sogar die geringste Abweichung von der Norm wird auf der Stelle mit körperlichen Strafmaßnahmen beantwortet.

Meine eigenen Zeitverluste haben sich in der letzten Zeit kaum verändert, ich glaube, sie haben sich weder erweitert noch verkürzt. Exakt belegen kann ich das nicht, es gibt kein geeignetes Instrument dazu, um es zu messen. Aber ich spüre ihr Vorhandensein neuerdings intensiver.

Ich schätze, dass dies mit der schlechten Behandlung zu tun hat, wobei man bei mir wirklich bis zum Äußersten gegangen ist. Ich weiß, dass man bei mir die Grenzen mit Absicht überschritten hat. Unter den Uniformierten gibt es gar nicht wenige, die sich wundern, dass ich überhaupt noch am Leben bin. Und die davon beeindruckt sind, dass man mir kein Geständnis abringen konnte. Eines Tages merkte ich, wie in den Verhören die Stimmung kippte, wie die Vorwürfe, Vermutungen und Fragen nicht mehr so heftig auf mich herabprasselten. Hatte sich die andere Seite endlich abgefunden? Oder war das eine neue Finte? Ich hatte keine Angst mehr. Mit jeder überstandenen Demütigung bin ich stärker geworden. Sogar meine Zimmernachbarn fürchten meine unmittelbare Nähe und auch das Personal, das mir Essen oder die Wäsche bringt, weicht meinen Blicken aus.

So gesehen, kommen Sie zu spät. Ich brauche Ihre Hilfe nicht mehr. Ich schlage Ihnen vor, Sie hören mir zu und machen sich selbst ein Bild. Fertigen Sie meinetwegen Aufzeichnungen an, zur besseren Erklärung für jemanden, der sich wirklich für diese Vorgänge interessiert.

An einem Ort wie diesen beobachtet jeder jeden und es ist ganz natürlich, wenn selbst die kleinste Veränderung sofort auffällt. Meine neugewonnene Sicherheit ging soweit, dass ich überzeugt war, ich will nicht überheblich erscheinen, aber ich war überzeugt, beinahe unverwundbar zu sein.

Das rührt natürlich auch davon her, dass mich dieser Schleier begleitet, diese Sphäre, die ich nach Belieben durchschreiten kann, wobei im jenseitigen Bereich die Regeln völlig anders definiert sind. Die Ordnung, die hierzulande mit nichts anderem als mit Terror eingefordert wird, wie ich es zu spüren bekommen habe, die gibt es dort nicht. Ein einziger Schritt von mir genügt und ich gerate in einen völlig andersartigen Teil, wobei ich jedem meiner Mitreisenden wünsche, sehr gefestigt sein, damit er dort bestehe. Ich kann mir gut vorstellen, dass manchem davor grauen möchte und er es lieber mit dem Davonlaufen versuchen will. Aber es ist bereits zu spät. Beide Seiten übersteht nur der, der sich auch in den beiden zurechtfinden kann. Das soll auch ganz besonders für die Herren gelten, die mich zuletzt so schlecht behandelt haben.

Wer mir allerdings zu nahe kommt, von dem könnte sehr schnell die unsichtbare Seite Besitz ergreifen. Es könnte ganz plötzlich ein starker Sog entstehen und wer von diesem unvorbereitet ergriffen wird, der gerät in allergrößte Gefahr, einen Unfall zu erleiden.

Ich aber spüre meine Kraft und ich bin überzeugt, dass es jederzeit möglich wäre, mich den Menschen hier zu entziehen. Aber vorher habe ich doch noch eine Aufgabe erfüllen. Zunächst werde ich mein Schicksal mit voller Absicht nicht in die eigene Hand nehmen. Es soll ganz einfach seinen Lauf nehmen, genauso, wie es die Kräfte, die im Moment scheinbar das Sagen haben, bestimmen. Dies kleine Stückchen des Weges gehe ich freiwillig mit und lache innerlich dabei.

Nachdem ich nichts gestanden habe, weil es nichts gab, was von meiner Seite her einzugestehen war, wird es zu einem Geschworenenprozess kommen. Das beeindruckt mich nicht. Man kann mir nicht die geringste Verfehlung nachweisen. Ich war gar nicht da, denn ich befand mich im Zeitunterschied. Es wird daher zu einem Freispruch kommen müssen. Jede Wette gehe ich ein, dass er als skandalös bezeichnet wird. Wenn die Meute ihr Opfer nicht bekommt, sucht sie ein anderes. Meine

Unschuld ist nicht gespielt, das werden die Klügeren von den Geschworenen schnell begreifen. Diese sollten sich das nämlich sehr gut überlegen, bevor sie über mein weiteres Schicksal abstimmen. Denn auch für sie wird eines Tages der Zeitpunkt kommen, wo sie selbst in die Nähe des starken Soges gelangen könnten. Ob ich ihnen jenseits des Vorhanges so freundlich entgegenkommen werde, das liegt ausschließlich daran, welche Rolle sie in der Verhandlung gespielt haben.

Vor allem aber möchte ich nicht in der Haut eines Polizisten stecken, der einen Unschuldigen wie mich gequält hat. An seiner Stelle hätte ich die pure Angst vor jedem Schritt in die Nähe eines Bereiches, wo die Polizeivorschriften zu gelten aufgehört haben. Ich sagte schon, ich verspüre keine Angst vor irgendetwas auf der Welt. Nämlich, weil ich weiß, wie klein sie ist und vor allem, wo sie endet: Ganz nahe, nur ein, zwei Schritte von hier. Ums Eck, wie man so schön sagt. Und weil ich mich dort gerne aufhalte, gerade, als ob ich zu Hause wäre, fehlt mir diese Angst, wie sie die durchschnittlichen Menschen haben.

Schätzen Sie meinen Fall ein. Wenn er Ihrer Meinung nach aussichtslos ist, bleibt mir ohnehin keine andere Möglichkeit, als davon zu gehen. Wenn ich aber alle meine Kräfte anspanne, wird mir das selbst ohne irgendwelche Hilfe von außen gelingen. Ich tue es, nicht ohne mich von den Leuten, deren Bekanntschaft ich unfreiwillig machen durfte, gebührend zu verabschieden.

Lange genug habe ich still gehalten. Und ein großer Vorteil ist auf meiner Seite: Keiner von denen, die mir ohne Zögern nachzufolgen versuchen, um meiner wieder habhaft zu werden, kennt sich annähernd so gut aus wie ich. Meine Verfolger, allen voran den Oberverhörer, könnte ich damit vorab in eine kleine aber besonders finstere Ecke locken. Aber ich müsste dafür sorgen, dass es nicht zu schnell geht, damit sie noch genügend Zeit bekommen, sich über mich wundern.

Wer außer mir kennt schon das Regelwerk? Ich habe bisher keinen getroffen, mit dem ich mich darüber ernsthaft unterhalten konnte. Da wartet auf meine Verfolger noch eine Überraschung.

Deswegen möchte ich gar nicht so ohne weiteres freigesprochen werden. Lassen wir ein wenig von der olympischen Zweifelhaftigkeit auf mir ruhen. Wir könnten zum Beispiel mit Absicht Indizien in Schwebe halten, Vermutungen anstellen, undurchsichtig formulieren, damit wenigstens ein kleiner Schatten auf mir ruhen bliebe.

Oder es stülpt sich die Szenerie, ich habe es schon einmal miterlebt, vollständig um. In diesem Falle bliebe nur mehr ich alleine übrig. Zugegebenermaßen ist es wenig reizvoll, wenn alle, die einem bisher das Leben schwer gemacht haben, wie vom Erdboden verschwunden sind. Darum sagen Sie bitte dem Oberverhörer, als Polizeijurist sollte er doch wissen, wie sehr ich seiner bedarf, er möge sich in Hinkunft mehr Zurückhaltung auferlegen, ich will nicht, dass er gleich als Erster verloren geht. Ich bin bereit, in die Verhandlung zu gehen. Ich anerkenne ihn als peniblen Vorbereiter der Anklage. Sagen Sie ihm, ich werde seine Protokolle genau studieren.

Oder ist es sein ausdrücklicher Wunsch, dass ich die ersten warmen Frühlingstage nutze, im Park spaziere, der Kies knirscht unter meinen Füssen und ich sehe diese Frau mit den beiden Kindern am Spielplatz, eben die Kinder, deren Fotos er mir zuvor gezeigt hat und ich denke, dass der

Oberverhörer recht bekommen sollte und ich habe auch schon eine Idee, auf welchem Wege ich mir das Vertrauen dieser Menschen erwerben werde.

Für die Wenigsten von uns hat es Schicksal vor, in zerquetschtem, stranguliertem, vergifteten oder sonstwie beschädigten Zustand zu enden. Aber ein bisschen Vergnügen für alle Beteiligten ist immer dabei, selbst wenn man eine Zeitlang gequält wurde und wenn das Vergnügen nur aus der Befriedigung der eigenen Neugier bestanden hat. Wenn sich die Toten mitteilen könnten, würden sie uns nämlich trösten und sagen, es war halb so schlimm, zwar bin ich tot, doch bis dahin war es über weite Strecken eine interessante Erfahrung. Und mich schmerzt nichts mehr. Von mir bleibt nur noch ein Bild zurück. Nicht das meiner Existenz, denn diese ist vorbei. Ich bin jetzt nicht mehr als eine Momentaufnahme, die nur Oberflächliches zeigt, ein Werbeplakat für ein Ende, das andere schockiert. Meine äußeren Reste sind nur eine Botschaft an die Zurückgebliebenen. Wenn das eigene warme Blut über die Haut rinnt, fühlt sich das natürlich seltsam an. Wenn Ihr mich verbluten seht, schreckt Euch das viel mehr. Und es schmerzt Euch der Anblick.

Wenn ich zuletzt nun doch gestorben bin, dann weint Ihr aus Erinnerung an mich. Ihr weint um euren eigenen Verlust. Ich aber bin nicht mehr verletzt, denn ich bin ja nur tot.

Wie naiv ist es, deswegen eine Uniform anzuziehen und in irgendwelchem Namen den Versuch wagen, Rächer zu sein und dieses mit akribisch verfassten Niederschriften, mit Fotos und beigelegten chemischen Proben. Wollt Ihr Euch nur an den Bildern rächen, die Ihr seht oder die ihr Euch selbst gemacht habt, denke ich mir. Ist das alles, bloß weil Ihr fürchtet, dass diese Bilder in Euch die Oberhand gewinnen?

Aus meiner Erfahrung kann ich nur sagen, es sieht viel schlimmer aus, als es tatsächlich ist. Ich packe alles, was bisher geschehen ist ein, ganz ähnlich wie in einen Einkaufsack. Niemand außer mir kann ohne meine Einwilligung heraus oder herein. Bis wir endlich aufhören, den Bildern Glauben zu schenken und wieder auf die Stimmen in uns zu hören beginnen, so wie ich der meinen.

Auf Wiedersehen.

Bindungen

Es vergehen kaum ein paar Stunden, in denen ich nicht an sie denken muss. Ihr Name ist Annie. Wir trafen uns regelmäßig jeden zweiten, dritten Tag. Gewöhnlich saßen wir einander abends die eine oder andere Viertelstunde gegenüber. Ich höre noch das Klimpern der Eiswürfel, wenn Annie ihr Glas auf der Tischplatte abstellte.

Dann war es für mich an der Zeit, die Armreifen hervorzuholen, mit der ich sie am Kopfende des Bettes fixieren konnte. Für gewöhnlich wechselten wir kein Wort. Die Fixierung war für uns beide im Laufe der Zeit notwendig geworden und ich nahm die Handlung jedes Mal mit äußerster Genauigkeit vor. Sie leistete keinen Widerstand, vielmehr betrachtete sie ihre eigene Fesselung mit Aufmerksamkeit und einer gewissen Genugtuung. Sie war es dann auch, die mich im Falle des Falles hinwies, ihre Hände noch ein Stückchen näher den Betträndern zu fixieren, damit ihre Arme auch vollständig ausgebreitet sein mussten. Ich bin überzeugt, dass unsere Gefühle füreinander ganz ähnlich beschaffen waren. Vermutlich deshalb bestand sie mir gegenüber auf ihre vollständige Wehrlosigkeit.

Wenn ich die Vorbereitungen zu Ende geführt hatte und sie dann vor mir lag, erfüllte mich nur noch

Zärtlichkeit. Ich liebkoste alle erreichbaren Stellen ihres Körpers, kein Winkel blieb mir verborgen, berührte ihn mit allen meinen Körperteilen, ein Sinnesrausch erfasste mich, dass ich glaubte, das Blut begänne in meinen Ohren zu kochen. Ihr erging es ähnlich wie mir und ich bin sicher, dass es jetzt nicht anders wäre, wenn sie noch lebte. Die Zeitspanne, die ich mit ihr zusammen war, war eine kurze und trotzdem bleibt gerade sie mir bis in viele geringfügige Einzelheiten in Erinnerung, als lägen diese Geschehnisse für immer wie hell beleuchtet unter einem Vergrößerungsglas.

Annie hatte im herkömmlichen Sinne keine auffallenden Reize. Ihr Gesicht und ihre Bewegungen verhießen eine eher untypische Härte, die so gar nicht zum Bild der Weiblichkeit oder Puppenhaftigkeit passte, wie ein Mann es im Allgemeinen gerne sieht. Wenn ich sie entkleidete, tauchte alsbald ein Körper mit Sehnen und Muskeln unter viel heller Haut auf, der kräftig proportioniert war und der vor allem betäubend gut roch. Annie duftete aus ihren Poren dermaßen gut, dass ich es, mit der Nase in einer ihrer Falten, minutenlang so aushalten konnte und mich dabei in Tagträumen verlieren konnte. Sie hielt dabei still und dünstete, was ich an ihr so sehr begehrte, gleichmäßig aus.

Sie werden es mir nicht glauben, aber ich kenne bis heute kaum etwas über die Umstände, in denen sie lebte. Ich könnte beim besten Willen nicht einmal sagen, ob sie damals verheiratet war oder nicht. Sicher war, dass sie manches Mal zur Arbeit ging und dass sie nicht alleine war. Wenn sie zu mir kam, roch sie fast immer gleich. Höchst selten merkte ich ungewöhnliche Spuren von Zigarettenrauch oder von scharfen Getränken an ihr. Ihr Körper selbst ließ mich vermuten, dass sie bereits ein Kind zur Welt gebracht haben könnte, aber auch diese Frage beschäftigte mich nicht so sehr, dass ich ihr nachgegangen wäre.

Unsere Beziehung war ganz auf ein stillschweigendes Einverständnis aufgebaut: Man war innerhalb des zur Verfügung stehenden Zeitraumes für einander da und das war es auch.

Heute betrachtet, kann ich sagen, dass unsere Beziehung auf ihre Weise eine Essenz darstellte, von dem, was zwischen einem Mann und einer Frau denkbar ist. Nichts Überflüssiges beschwerte oder komplizierte unser Beisammensein und für diese Konzentration auf das Wichtige wurden wir mit vielen Stunden, in denen man die Erfüllung an der Nähe des Gegenübers suchte und fand, belohnt.

Treue, Pünktlichkeit, Verlässlichkeit, eine ähnliche Wahl der Worte, Anspielungen, Fragen über Wohn- und sonstigen Lebensstil belasteten unsere Beziehung nicht. Wir standen einander gegenüber so, wie wir waren, als Mensch zu Mensch.

Gerade deshalb war die vollständige Wehrlosigkeit, die intimste Ausgesetztheit, die jemand Andern gegenüber möglich war, Teil unser beider Beziehung.

Mit jedem Tag, der seitdem neu hinzukommt, fällt es mir leichter, dass ich es offen eingestehe: Niemals habe ich einen Menschen so sehr geliebt, so ganz ohne jegliche Vorbedingung, wie sie. Es war mir völlig gleichgültig, welcher Tätigkeit sie nachging, welche Geschichte sie hatte und welche Pläne sie für sich schmiedete. Wenn sie da war, war sie ganz für mich da, genauso wie ich für sie. Mehr war nicht möglich.

Einen einzigen Vorfall gab es, an dem alleine ich die Schuld trug, ein kurzer, aber heftiger Biss, mehr ein leeres Schnappen, unwillkürlich und ungeschickt meinerseits, da kam mir gerade die zarte Hautstelle knapp oberhalb ihrer linken Brust entgegen, sie schrie leise auf, mehr verwundert und ich ließ sofort von ihr ab, aber die Wunde war geschehen, sie war zwar nicht mehr als eine Reihe kleiner Druckstellen, die kaum bluteten und nach einigen Tagen zu nässen begannen und sich später dunkellila verfärbten. Eine Infektion war die Folge und ich fürchtete schon, sie müsse operiert werden, dass ich sie vergiftet hätte.

Nach einer langwierigen Behandlung begann die Abheilung, das Pflaster wurde kleiner, und trotzdem blieb etwas von jenem Augenblick der Besinnungslosigkeit zurück; wer es wusste, bemerkte an dieser Stelle eine Verschattung auf ihrer Haut.

Wir fanden aneinander eine ähnliche Erfüllung in unserer Leidenschaft. Ich wusste genau, wann der Zeitpunkt gekommen war, zu dem sie gelöst werden wollte. Dann saßen wir noch eine Weile beisammen, ich massierte ihre steifen Gelenke, bis sie sich von mir losmachte und wegging. Ich war zu keinem Zeitpunkt eifersüchtig, selbst wenn sie mich das eine oder andere Mal warten ließ und nicht kam. Ich glaubte ihr gerne, dass es ihr nicht möglich gewesen war oder dass es wichtigere Dinge gab und ich fand mich auch darein. Schließlich meinte ich aus verschiedenerlei Blicken und ihren Bewegungen zu wissen, wie viel ich für sie bedeutete.

Diesen Umstand halte ich für besonders bemerkenswert, sind doch gerade wir Männer in unseren jüngeren Jahren für die Frauen schwer begreifbar, weil uns die eigene Sexualität so sehr bedrängt, dass wir nicht warten können, weil unsere Gedanken fortwährend auf die Erlösung unserer Bedrängnis gerichtet sind und sonst nichts. Sobald wir zurückgewiesen werden durch irgendwelche Umstände, und sei es nur eine Art der Unpässlichkeit, zwingt uns der Trieb im Nu in eine neue Phantasie hinein, unser sehnlichster Wunsch richtet sich auf ein anderes Objekt, welchem wir uns mit einer Begierde nähern, die sich in nichts von dem unterscheidet, mit dem wir vorhin das andere begehrt haben.

Gab es also doch eine höhere Befriedigung, die nur in einer besonderen Bindung entsteht und alles andere neben sich verblassen lässt? Lust und Liebe, auch die Enthaltsamkeit oder der Hass verlangen alle miteinander nach unserer vollständigen Unterwerfung.

Es gibt ein paar besondere Stellen am menschlichen Körper, die sollte man auf keinen Fall berühren. Ich finde, es wäre für jedermann hilfreich, wenn man sie geradewegs zum Tabu erklären würde. Die Verletzbarkeit des menschlichen Körpers ist einfach zu groß. Ich mache mir heute noch den Vorwurf, nicht darauf geachtet zu haben. Es nicht gewusst zu haben, bedeutet für mich keine Entlastung. Und mit Bestimmtheit wäre ich nicht der geworden, der ich heute bin, jemand, der nicht davon ablassen kann, immer wieder um diese ganz besondere Frau zu trauern.

Nennen wir es eine kleine Ungeschicklichkeit. Was brachte mich dazu, mit den Fingerkuppen ausgerechnet jene beiden Punkte zu treffen, durch die ihr Kopf mit frischem Blut versorgt wurde? Heute bin ich in der Anatomie besser bewandert, ich habe mir mittlerweile Bücher darüber besorgt und mir einiges Wissen angelesen. Heute würde ich völlig anders handeln.

Ich bitte Sie, keine zu hohen Erwartungen an mich zu stellen. Es wird nichts zufällig geschehen. Wenn, dann ist es der ausdrückliche Wunsch zumindest von einem von uns beiden.

Unsere Situation erinnert mich so sehr an damals. Sie liegen ganz ähnlich da, wie Annie. Das alleine wäre nicht atemberaubend. Ganz und gar nicht. Der springende Punkt ist, wie sich das Beisammensein auflöst, wenn sich ein Drittes hinzugesellt, selbst mit dem Menschen, mit dem Sie gerade Eins sind, tritt es auf einmal auf wie ein Schock. Ich hatte meine Annie damals umhalst, als meine Daumenspitzen ihre beiden Punkte berührten. Etwas Fremdes nahm vorerst unbemerkt zwischen uns beiden Platz. Dann eine Bewegung, die nichts mehr mit dem Vereintsein zu tun hat, ein Aufbäumen, hart, krampfhaft, fremd, kein Körper, der dich liebt. Es war etwas zwischen uns getreten, etwas das stärker als alles bisherige auf dieser Welt ist. Das Schlimme an der Sache ist, dass man das nicht von selbst erkennen kann, es sei denn, man wäre ein Mensch mit der Erfahrung des allgegenwärtigen Todes; aber wer ist das schon?

Warum ist der Mensch nur dermaßen unvollkommen, dass selbst in der innigsten aller Umarmungen Platz genug für ein Drittes ist? Ich konnte es nicht glauben, gerade bei ihr, die ich mehr liebte als sonst einen Menschen auf der Welt. Kann in dem unendlichen Gefühl von Liebe der Tod zu Hause sein? Wer könnte eine solche Verrücktheit zugelassen haben?

Möchten Sie ein wenig trinken, ehe wir in unserer Unterhaltung fortfahren? Ich habe Ihren

Mundwinkel extra frei gelassen, es reicht gerade für einen Strohhalm. Nein, ich habe Annie nie gefragt, ob sie eine Erfrischung in dieser Lage brauche. Ich weiß also sehr wohl zu unterscheiden zwischen Ihnen und ihr. Diese Sorge wäre also unbegründet.

Einmal in meinem Leben berührte ich Annies Tabu. Ich glaube, sie hat es bis zu diesem Moment selbst nicht gekannt. Aber Sie hat es mir nicht vergessen. Ich spüre es manchmal, wenn ein Hauch von ihr mich wieder umgibt.

Möchten Sie erfahren, was damals passierte? Können Sie sich es sich vorstellen? Es gab in Wahrheit nichts Aufregendes. Gerade das war es. Nichts geschah. Es war still. Wie weggelöscht.

Ich wünschte es, unser heutiges Zusammentreffen wäre vorläufig das Letzte aus einer Reihe ähnlicher. Mittlerweile hat sich auch für mich einiges geändert und geklärt. Ich habe seit einiger Zeit Erfahrungen im Umgang mit meinem Federmesser gesammelt. Es war mir leider nicht möglich, an Seziergerät heranzukommen, unsere Stadt ist nicht groß genug für eine Besorgung dieser Art, es hätte sich herumgesprochen, man wäre auf mich gekommen und hätte mich sicher befragt, was ich mit solchem Werkzeug anzufangen gedenke. Darum habe ich einfache Messerchen wie dieses derart zu schärfen gelernt, dass selbst eine Rasierklinge nicht an sie heranreicht.

Ich habe es Ihnen gegenüber vorhin erwähnt, dass ich mich in der Anatomie selbst ausbilden musste. Meine ersten Versuche waren fehlgeschlagen. Ich versuchte herauszubekommen, was ich falsch gemacht hatte. Das Dilemma mit Messern dieser Art ist, dass sie völlig anders in der Hand gehalten werden, als ein Speisemesser oder ein

Taschenmesser, mit dem man schnitzt. Und wer einmal einen Fehlschnitt begeht, hat im schlimmsten Fall das ganze Präparat wertlos gemacht und damit die vielen Mühen der Beschaffung, das tagelange und wochenlange Warten vergeudet, und das alles durch einen einzigen falschen Schnitt. Gerade deshalb sind Übung, eine ruhige Hand und Sicherheit so sehr vonnöten.

Ich verrate Ihnen gerne, dass ich mit der Zeit ein gewisses Talent zum Operateur an mir entdeckte, was mich im Nachhinein selbst ein wenig verwundert, denn schließlich bin ich kein junger Mensch mehr. Möglicherweise liegt es daran, dass ich meine Sache sehr gerne mache und dass ich überzeugt bin, das Richtige zu tun.

Ich rede wenig darüber, ich fürchte nichts, ich habe keine Bedenken, meine Entschlüsse stehen fest, also verhalte ich mich auf meinen Wegen wie jeder andere Beschäftigte, das heißt, ich bewege mich wie selbstverständlich fort. Wenn jemand nach seiner Überzeugung handelt, fällt er in der Menge der Dahineilenden nicht auf. Meine Sorge gilt nicht dem Finden und der Vorbereitung eines geeigneten Präparates, sondern der Aufeinanderfolge an gelungenen Schnitten.

Der Eingriff ist ziemlich kompliziert, weil er ja das Leben berücksichtigen muss und die besondere Menge Blutes, die durch diese Arterien fließt. Wenn er nicht mit einem schockartigen Blutverlust enden sollte, hat jeder Handgriff zu sitzen. Die eigentliche Vorbereitung ist das Abklemmen. Das braucht niemand zu fürchten. Mittlerweile habe ich Übung darin. Ich bin sogar schon so weit, dass ich meine Umgebung dabei nicht vergesse und währenddessen auf die Uhr blicken kann. Die ersten

Schnitte sind nur kurz. Sie müssen schnell und sicher von der Hand gehen. Man spürt sie anfangs kaum. Es braucht auch keine Betäubung. Jeder Eingriff an einem Zahn würde das Vielfache an Schmerzen verursachen. Der von mir Behandelte verliert binnen weniger Minuten das Bewusstsein. In den meisten Fällen durfte ich es bisher erleben, wie dem von mir Behandelten wie von selbst die Augen zufallen und er in einen ungewohnt tiefen Schlaf versinkt. Wie beneide ich solche Menschen! Es steht zu befürchten, dass sich niemand um mich kümmern wird, wenn meine Stunde gekommen ist. Vielleicht liege ich tage- oder sogar wochenlang da, mein Brustkorb hebt und senkt sich krampfartig, jedermann, der nur einen flüchtigen Blick auf mich wirft, sagt sich, der kommt nicht wieder auf. Also lohnt es sich nicht, den trockenen Gaumen zu befeuchten, die Lage des Körpers zu verändern, um ihm ein wenig die Schmerzen der Steifigkeit zu lindern, ihm den kalten Schweiß von der Stirne zu wischen. Vielleicht liege ich in einer Art Starre, werde zuerst grau, später grünlich im Gesicht, die Augen in einem fort zur Decke gerichtet, tagein, tagaus und die Schwestern glauben mich schon für gestorben, aber unter der Decke ist es noch warm, sie schrecken vor mir Lebenden zurück, ich sehe es genau, weil sie meinen, ich sähe bereits einem Leichnam ähnlich. Wenn der letzte Atemzug eine Erleichterung eines in Schmerzen verlöschenden Lebens ist, dann will ich eher heute als morgen gestorben sein.

Mein Blick hat sich im Laufe der Jahre geändert. Vor meiner Zeit mit Annie beurteilte ich einen Menschen nach seiner Gestalt, Haarfarbe, Haut oder dem Gesichtsausdruck. Jetzt sehe ich auf die

Tabuzone und denke mir, von welcher Beschaffenheit das Präparat wohl dieses Mal sein wird. Auch unter unserer Haut sind wir Mensch höchst ungleich ausgestattet und trügen wir unsere inneren Organe sichtbar mit uns, wir könnten einander an ihnen mit einiger Übung ebenso erkennen wie an unseren Gesichtszügen. Herz ist nicht Herz und Milz ist nicht Milz. Ihr Herz zum Beispiel ist einzigartig in seiner Beschaffenheit und seinem Aussehen. Wenn ich es nur einmal sehen könnte, ich würde mir sein Aussehen merken, dass es nicht einmal nötig wäre, das Präparat mit seinem Namen anzuschreiben. Glauben Sie mir, ich würde es sogar nach einem Jahr wiedererkennen.

Warum nur empfinde ich diese ganz besondere Zuneigung für Sie? Und warum atmen Sie so heftig? Ich bitte Sie. Bleiben Sie ganz entspannt. Sie haben mich bisher so gut verstanden. Ich empfinde Ihre Nähe geradezu als beruhigend.

Sie haben eine besonders schöne Haut. Das hat man Ihnen sicher schon gesagt. Mich fasziniert, wie sie lebt, wie sie atmet, sich erneuert und wie die Organe darunter ihre Arbeit tun. Dies Wunderwerk ist in vielen, vielen Jahren gewachsen, ferne von mir. Wenn ich meine Hand auf Ihren Oberkörper lege, spüre ich, wie das Herz schlägt. Sie riechen gut. Wirklich. Ihr Geruch ist ganz außerordentlich. Ich weiß was ich sage. Lassen Sie mich Ihren Puls spüren, den besten Beweis für das Leben, das in Ihnen zu Hause ist.

Man sagt, die Haut sei der Spiegel der Seele. Das mag seine Berechtigung haben, aber glauben Sie mir, die Haut ist noch viel mehr der Spiegel der Organe, die darunter liegen und in dauernder Verbindung mit ihr sind. Ihre Haut schimmert besonders, der Glanz kommt von dem wenigen Fett, das sie absondert.

Können Sie sich vorstellen, dass ein grundvernünftiger Mensch von sich aus auf die Idee kommen würde, jemand anderen diesen Puls zu nehmen? Ja, wohin denn zu nehmen? Oder einfach zu löschen? Wie man ein Licht löscht? Niemals. Welche Gründe sollte es dafür geben?

Und doch habe ich es damals getan.

Einmal hatte ich den Fehler begangen, mir nicht genug Zeit in der Vorbereitung zu nehmen. Mein Präparat war rein äußerlich das was man als attraktiv bezeichnet, aber es hat überhaupt nichts verstanden. Stellen Sie sich vor, sie hat nicht begriffen, worum es geht! Oft ist es die Angst vor dem Unbekannten, die ich in den Augen meines Gegenübers lese. Eine panische Angst, die jeden Gedankenaustausch zunichte macht. Wenn ich nicht eine gute Kinderstube hätte, ich machte kurzen Prozess, ich verzichte leichten Herzens auf das Präparat und entledige ich mich noch vor dem eigentlichen Eingriff.

Wenn ich den Eindruck gewinne, dass man mir zuhört und mich versteht, dann dauert mir die Unterhaltung selbst in ihrer ganzen Länge als nicht genug. Für ein paar Augenblicke kann es geschehen, dass ich meine eigentliche Aufgabe vergesse. Soviel bedeutet es mir, auf Menschen zu stoßen, die ich in meiner Augenhöhe anblicken kann. Ganz besonders bei jenen, die für mein Vorhaben in Frage kommen, nachdem von mir auserwählt wurden. Dann macht mir die Arbeit auch Freude.

Ich bin unter außerordentlichen Umständen durchaus jemand, der die Tötung eines Menschen herbeiführen könnte. Aber ich halte die meisten meiner Zeitgenossen für besser geeignet. In solchen Dingen glaube ich mehr an die Faktoren Zufall und Gelegenheit. Die Zeitungen berichten neuerdings öfter von dem einen oder anderen Lustmord, der hierzulande geschieht. Aber mir soll einer einmal klar machen, worin die Lust in solchen Fällen besteht. Was war zum Beispiel meine Lust? Woraus bestand sie? Es war ein Fehlgriff meinerseits, eine Verkettung von Umständen, die mich ins Unglück gestürzt hat! Wie sollte ich allen Ernstes ausgerechnet das Wesen, das ich am meisten auf dieser Welt geliebt habe, auslöschen? Mit welchem Grund sollte ich mich selbst um das Kostbarste, das ich immer als besonderes Geschenk meines Lebens betrachtet hatte, berauben? Es war ein Unglück, ein sehr großes, ein nicht mehr steuerbares, eine Katastrophe, es war ein Desaster.

Und sehen Sie doch bitte meine Hände an! Können Hände wie diese die eines Mörders sein? Diese Hände haben gespielt, gearbeitet und geliebt, sie sind beim Streiten durch die Luft gefahren, sie haben gestreichelt, geneckt, gedroht und gewunken. Sie haben gekratzt, geschrieben und gezeichnet, sie haben sich abwehrend erhoben, sie haben geklatscht. Sie sind müde heruntergehangen zu beiden Seiten ihres Trägers, sie haben geschlenkert. Aber die Hände eines hinterhältigen, eines heimtückischen Mörders, eines Gegners allen Lebens, das sind sie nie und nimmer.

Gerade deshalb bin ich so froh, dass ich mich mit ihnen unterhalten kann. Dass Sie mir so aufmerksam zuhören.

Ich wünschte Ihnen, begreiflich machen, dass ich, von meinem Unglück einmal abgesehen, ein ziemlich durchschnittlicher Mensch bin. Meine Handlungen sind völlig normal. Sie werden niemanden finden, der mich kennt und mich sogleich als zweifelhaften Menschen beschreibt. Ich bin friedlich, ich lasse andern den Vortritt, sei es in einem Geschäft oder sonst wo. Ja ich weiche jemandem, der mir geradewegs entgegenkommt, lieber aus, als mit ihm zusammenzustoßen. Ich kann auch nachgeben. Auch das habe ich schon oft unter Beweis gestellt.

Nur in meinen Überzeugungen, da muss ich auf meinem Standpunkt beharren. Ich wollte, ich könnte auch Sie überzeugen. Wenn ich zum Beispiel meinen Schnitt nur andeute und nur zur Hälfte ausführe und mich dabei geschickt anstelle, ist die betroffene Stelle von solcher Sauberkeit und Geradlinigkeit, dass der Heilungsprozess binnen weniger Stunden weitgehend fortgeschritten ist. Sie könnten morgen nach Hause gehen und daheim erzählen, Sie hätten die Nacht in angeregter Unterhaltung verbracht. Die kleine Narbe am Hals müssten Sie hinter einem Pflaster verstecken. Sehen sie? Niemand wird Ihnen glauben. Und ich glaube Ihnen auch nicht.

Das ist der Grund, warum unsere Möglichkeiten so sehr eingeengt sind. Ich wollte, ich könnte für Sie eine Ausnahme machen. Wenn sie es ausdrücklich wünschen, den Eingriff um eine Viertelstunde zu verschieben, dann bin ich dazu bereit. Ich erwarte aber von Ihnen, dass auch Sie eine Art Leistung mir gegenüber erbringen. Sie müssten mir versprechen, dass Sie mich nicht aus den Augen lassen während des kleinen Eingriffes.

Für die Dauer der Prozedur ist nichts zu befürchten. Ich setze Sie keiner Ungewissheit aus. Die ganze Operation ist das Ergebnis einer Erfahrung, die ich gemacht habe. Und diese wiederhole ich, möglichst sachlich und objektiv. Ich mache meine Arbeit und kann dabei sogar noch an Annie denken. Sie können dabei entscheiden, welche Rolle sie einnehmen.

Nach dem Schock, sie da liegen zu sehen, hätte ich im ersten Zustand der Verzweiflung mich am liebsten selbst umgebracht und das Haus in Flammen gesetzt. Der erste Gedanke: Mit ihr zusammen unterzugehen. Aber Emotionen sind schlechte Ratgeber. Was nützt Selbstanklage, ich hätte damit noch mehr zerstört, als ohnehin zerstört worden ist.

Oder ich hätte sie schnell irgendwo beerdigen können und mir sagen, dass die Begegnung mit ihr nur einem Wunschtraum von mir entsprungen wäre, der, nachdem sie nicht mehr gekommen wäre, ins Reich der Phantasie gehörte. Eine normale Bestattung wäre ohnehin nicht durchführbar gewesen. Wer waren ihre Verwandten, wer ihre Bekannte oder Freunde? Ich hatte nicht einmal ihre Adresse gewusst. Wie wäre ich da gestanden als Urheber dieses großen Unglückes? Wie hätte ich den Vorwürfen standhalten sollen?

So ist ihr Verlust auf mich ohnedies mit seinem gesamten Gewicht gefallen. Niemand hat mich davor bewahren können. Mit ihrem Tod ist auch etwas in mir getötet worden. Ich kann den schlimmsten aller Vorwürfe nicht entgehen, und das sind diejenigen, die ich mir selber mache.

Es wird Zeit, dass ich mich um die Arbeit kümmere. Die Unterhaltung mit Ihnen war anregend. Sie hat in mir eine gewisse Erleichterung bewirkt. Das ist ein gutes Zeichen. Der heutige Tag wird ein erfreuliches Ende nehmen. Dieser Eingriff wird sehr erfolgreich, da bin ich mir ganz sicher.

Was passierte damals mit mir? Ich weiß es selber nicht. Zunächst konnte ich mich zu keinem Entschluss aufraffen. Sie lag da und ich ging einen Tag neben ihr auf und ab. In meiner Ratlosigkeit trug ich sie ins Badezimmer, legte sie in die Wanne, packte für mich das Notwendigste zusammen und zog in ein Hotel außerhalb der Stadt, das mir von früher bekannt war.

Es war Spätherbst, der Nebel stand wie eine Wand vor den Fenstern und ich zählte zu den letzten Gästen der Saison, die nur deshalb blieben, weil sie nicht wussten, wohin. Nach zwei Wochen des Haderns und Zornes gegen mich selbst, mit meiner Schwäche, meiner Unentschlossenheit und meiner Verzweiflung kam ich wieder ein wenig ins Lot. Der anderen Gäste trafen ihre Abreisevorbereitungen, das Haus wurde über den Winter geschlossen. Also musste auch ich packen und mich meinem ganzen Unglück stellen. Am wenigsten beschäftigte mich in meinen Gedanken das Urteil anderer Menschen oder deren Vorwürfe. Ich war es, der einen so entsetzlichen Verlust erlitten hatte, dass mir die Welt gleichgültig geworden war, ich ging durch sie, verständigte mich nach wie vor, konnte auch reden, essen, schlafen und war gleichzeitig durch eine Wand von ihr getrennt.

Als ich zurückkehrte und die Badezimmertüre einen Spalt öffnete, befürchtete ich Schlimmes. Zwar schlug mir Verwesungsgeruch entgegen, doch er war nicht so betäubend wie ich ihn erwartet hatte und als ich mich überwunden hatte und die ersten Schritte in den Raum gemacht hatte, erblickte ich sie wieder. Zu meinem Erstaunen hatte sie sich nicht so sehr verändert, wie ich gedacht hatte: Die Entlüftungsanlage, die Heizung und dazu die geringe Luftfeuchtigkeit hatten den

Prozess der Austrocknung vorangetrieben. Es ging mir durch den Kopf, hätte ich doch nur ihre inneren Organe rechtzeitig entfernt, so wäre ein gutes Ergebnis möglich gewesen. So aber ging die Trocknung nur oberflächlich vonstatten, weshalb sie lange brauchen würde und als Ergebnis die Erhaltung des ganzen Körpers nicht mehr möglich war.

Nun begann ich mit Hilfsmitteln, wie erhöhter Temperatur und unter ständiger Zu- und Abluft den Vorgang zu beschleunigen und ich erreichte nach wenigen Wochen ein annehmbares Resultat.

Was weiter tun? Da kam mir ein Gedanke, der mich beinahe fröhlich stimmte. Ich würde mich bereits im Diesseits mit ihr vereinen, indem ich ihr in meinen täglichen Gebrauchsgegenständen genügend Raum abtrat.

Die Hausverwaltung ließ unter anderem auch meine Räume von einem Techniker inspizieren, da verschiedene Mitbewohner meinten, die Entlüftung habe einen Defekt. Der Mann gab mir den Rat, besonders auf die ausreichende Lüftung zu achten und zumindest ein Fenster auf Dauer gekippt zu halten, er sprach von muffigen Geruch, aber das konnte mich nicht stören. In diesem Teil des Raumes bin ich mit der Arbeit fertig. Hier sind wir zur Gänze umgeben von ihren Überresten, in jedem Holzgriff hier habe ich einen kleinen Hohlraum eingefügt, der mit getrockneten Substrat von ihr gefüllt ist. Sie ist also in dem ganzen Raum vorhanden, wohin Sie blicken. Das Tablett hat einen doppelten Boden erhalten, der Tisch hat ausgehöhlte Beine, desgleichen der Stuhl, in jedem Kasten gibt es eine Lade, die ihr vorbehalten ist. Sehen Sie nur dort oben in der Vase die Dekoration, dort sind Haare von ihr dabei.

Es ging mir darum, ihr einen letzten Dienst zu erweisen und um ihr zu zeigen, dass meine Liebe zu ihr unbedingt ist. Ja, ich gebe es zu, dass ich auch versucht habe, Teile von ihr mir selbst einzuverleiben, aber das bekam mir nicht gut.

Zuletzt habe ich ein Angebot an Möbel aus verchromten Metallrohren ausfindig gemacht, dessen Aufnahmefähigkeit schier unbegrenzt ist.

Manchmal denke ich mir, wenn ich geradezu fröhlich in einem dieser Stücke sitze und über die Oberfläche streiche, fände sogar ich noch meinen Platz bei ihr darin.

Ich möchte Ihnen nicht zu nahe treten, aber ich kann mir vorstellen, dass Sie in einiger Sorge über die Sache sind, die man früher als eigene Unversehrtheit genannt hat. Dazu möchte ich Ihnen versichern, dass mir nichts ferner liegt, als das.

Ich verspreche Ihnen auch, die gleiche Diskretion angedeihen zu lassen, wie sie ein Arzt nicht besser bieten kann.

Sie sehen ja an meinem bisherigen Verhalten, dass meine Absichten nicht so geartet sind.

Einmal unterhielt ich mich mit einer Dame, die meinte doch glatt, ein Tauschgeschäft mit mir machen zu können. Zuerst verstand ich nicht recht und glaubte, sie legte mir einfach ihren ureigensten Wunsch dar. Sie machte mich denken, sie habe nun einmal ein ausgeprägtes Bedürfnis, das eben bei ihr in kurzen Zeitabständen zu stillen wäre. Schließlich sind uns allen recht unterschiedliche Veranlagungen in die Wiege gelegt. Es wäre ja auch möglich gewesen, dass sie angesichts ihrer unmittelbaren Aussichten nach besonderer Entspannung verlangte. Es kam also soweit, dass ich mich, wie ich zugeben muss, ohne ausreichend nach ihren Gründen gefragt zu haben, erweichen ließ und ihr zu geben mich bemühte, wonach ihr war. Sie hingegen meinte, sich mit diesem Schritt die vollständige Loslösung erkauft zu haben. Zunächst war ich verblüfft. Dann lachte ich sie aus. Danach wurde sie sehr böse und ich auch, denn wir sahen uns beide als betrogen an. Schließlich endete die Unternehmung, wie es zu befürchten war: Mit einer tiefen beiderseitigen Verstimmtheit. Diese erschwerte die Lage nur unnötig für beide Teile. Der Eingriff ging mehr schlecht als recht ab und glauben Sie mir, ich war froh, als ich mit meinem Teil fertig war. Heute noch betrachte ich das Präparat mit einem gewissen Widerwillen, als sei es verunreinigt, so tief haftet mir dieses Missverständnis in der Erinnerung.

Nun ist es aber höchste Zeit, dass ich mich von Ihnen verabschiede. Ich habe lange genug auf Sie eingeredet. Es lag an Ihrer Bereitschaft, mir zuzuhören. Hoffentlich habe ich nicht Ihre Geduld über alle Maßen beansprucht. Ich weiß, ich bin von Zeit zu Zeit von überaus gemütsvoller Wesensart.

Wissen Sie, vor der Zukunft, auch vor der ferneren, habe ich keine Angst. Wenn wir uns wieder treffen sollten, was ich ja für durchaus möglich halte, in der einen oder anderen Form, ich bin schließlich kein ungläubiger Mensch, im Gegenteil, etwas Göttliches steckt in jeden von uns, wenn wir einander also wiedersehen, ich verspreche Ihnen, ganz gleich, wie die Sache ausgehen wird, kein Vorwurf soll über meine Lippen kommen.

Noch dazu, wo wir uns voraussichtlich auf einer anderen Ebene aufhalten werden. Es gibt dann auch keine alten Rechnungen mehr. Wenn Sie es erlauben, werde ich Sie mit Annie bekannt machen. Ich bin sicher, Sie könnten sich gut mit ihr verständigen. Ich glaube auch, dass wir uns auch unter anderen Voraussetzungen genauso gut unterhalten könnten wie heute. Vielleicht ergibt sich die Gelegenheit, die Präparate miteinander zu vergleichen. Ich kann mir vorstellen, dass es, abgesehen von ein paar äußerlichen Besonderheiten, keine allzu großen Unterschiede gibt. Deswegen warte ich schon gespannt auf Ihr Ergebnis. Ich werde Ihnen darüber noch einiges erzählen können. Sehen Sie! Wir können immer wieder neu beginnen, das ist doch großartig. Es ergibt sich immer etwas. Aber jetzt muss ich mich an die Arbeit machen.

Nachwort

Warum aus mir kein Schriftsteller wurde

Mein untersetzter Körper ist für die körperliche Arbeit eines Südtiroler Bergbauern angelegt. Die Hände sind breit und fest, um einen Stiel oder ein Werkzeug halten zu können. Meine Füße sind kurz genug, damit der Körper durch den tiefen Schwerpunkt nicht so leicht in Gefahr gerät, auf steilem Gelände abzustürzen.

Mein Temperament entspringt der Überheblichkeit von deutschen Aussiedlern, die vor über 200 Jahren in ihrer Querköpfigkeit nicht und nicht von ihrer Religion abschwören wollten. Dafür legten sie lieber ihr Leben lang Sümpfe trocken, was ihnen letztendlich auch gelungen ist.

Mein Kopf und vor allem meine geistige Unbeweglichkeit rühren von einer K.u.K. Beamtenfamilie her. Diese kultivierte zum einen die Korrektheit bis zum Untergang, die zuletzt dann auch keine mehr ist. Zum anderen verfiel sie auf einige schon zu ihrer Zeit altmodisch-kunstsinnige Marotten.

Meinen abgründigen Spott, der keine Rücksicht kennt sowie meine Freude an jeglicher Niveaulosigkeit hat mir jener Teil meiner Familie mitgegeben, der aus dem Böhmischen kommt. Es ist dies eine Familie, die sich durch den Handel mit allerlei Waren und mittels ständiger Kniffe über Wasser halten musste.

Insbesondere bin ich das Produkt des vereinigten Zornes aller meiner Vorfahren, der Unterdrückten, der Beleidigten, der Hoffärtigen und Feigen, der Eingebildeten und der Versponnenen; ein Zorn, der so gewalttätig und rücksichtslos gegen alles ist, dass er mich bereits mehrmals an den Rand des Herztodes gebracht hat.

An fehlenden Ideen oder Gedanken wäre es nicht gelegen. Aber der Bleistift konnte ihnen nicht folgen. Erst durch einige Erfindungen in Zusammenhang mit der Digitalisierung von Buchstaben war es mir möglich, meine chaotische Denkweise im Nachhinein so zu sortieren, dass ein paar Geschichten zum Vorschein kamen.

Vor allem aber gab mein Hintern den Ausschlag. Ich kann nicht lange auf ihm sitzen. Mit einem Hintern wie dem meinen, auf dem es nach spätestens einer halben Stunde zu zwicken beginnt als Vorwarnung, dass sich demnächst an seiner Oberfläche ein Furunkel bilden wird, mit so einem hypersensiblen Hintern kann man selbst mit gewissen Talenten einfach kein ernstzunehmender Schriftsteller werden.